INVENTAIRE
Ye26.317

AF469057

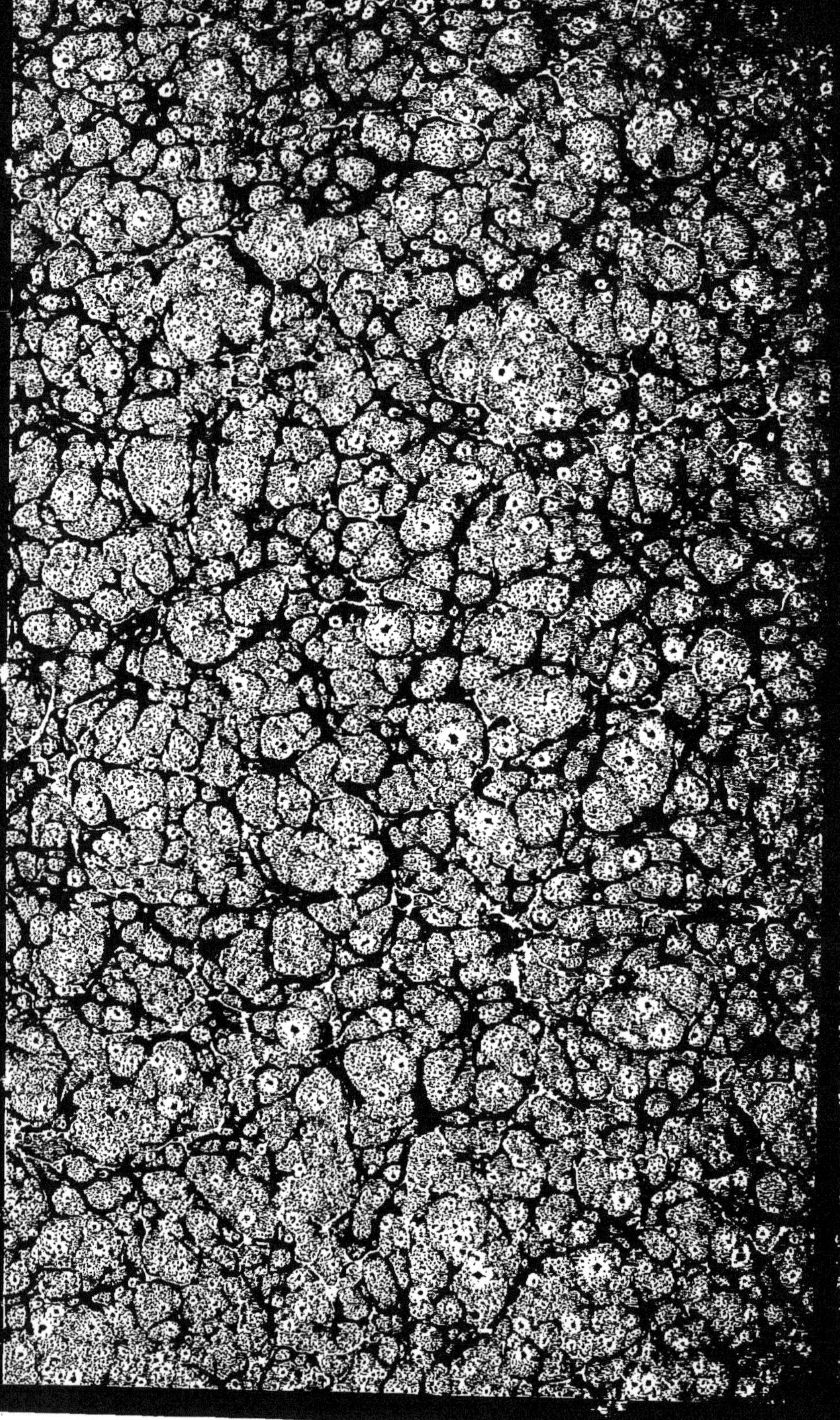

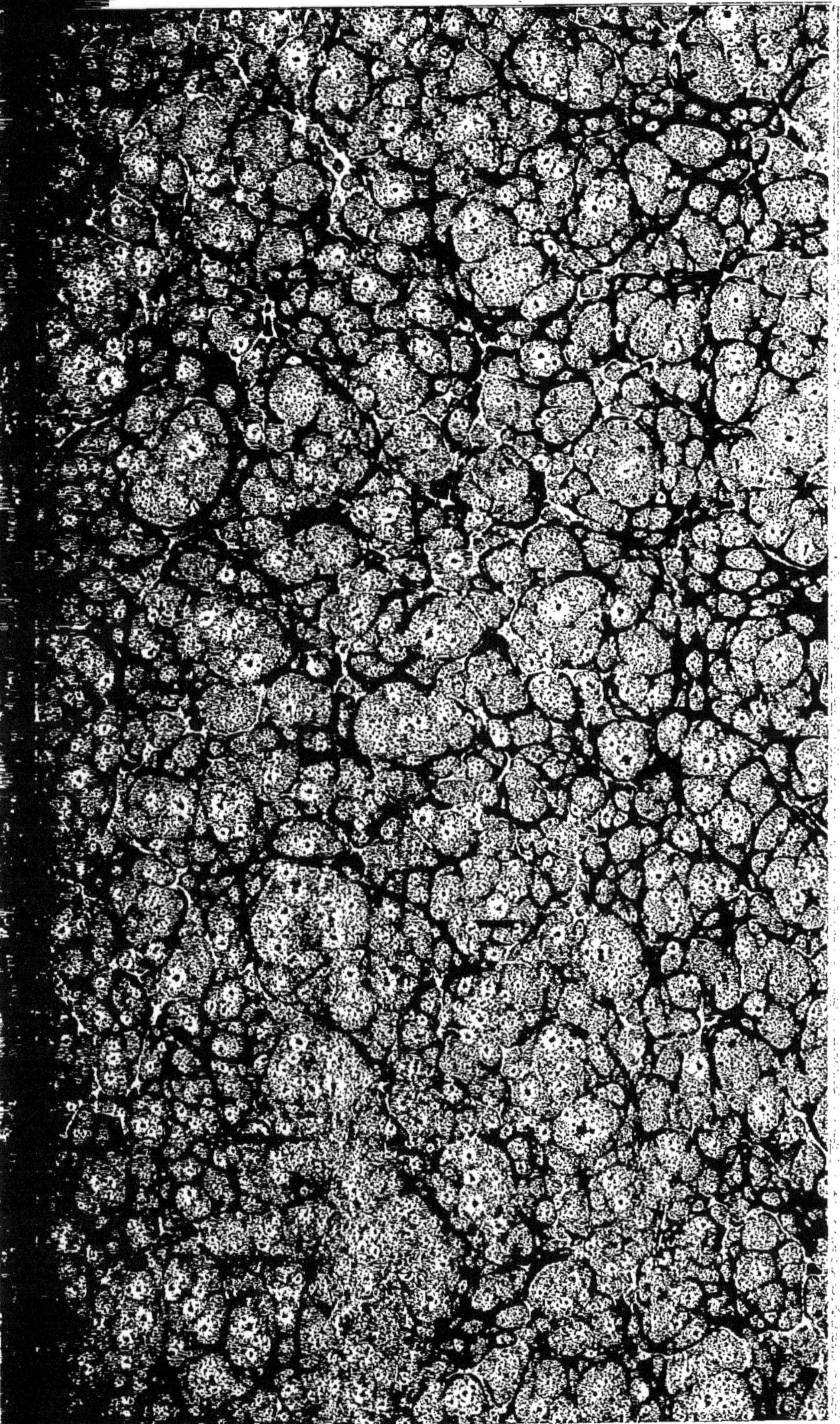

Y

Ye 26317

CHANSONS POLITIQUES

ET

PHILOSOPHIQUES

PAR

A.-P. LEROUX,

DE SEINE-ET-OISE.

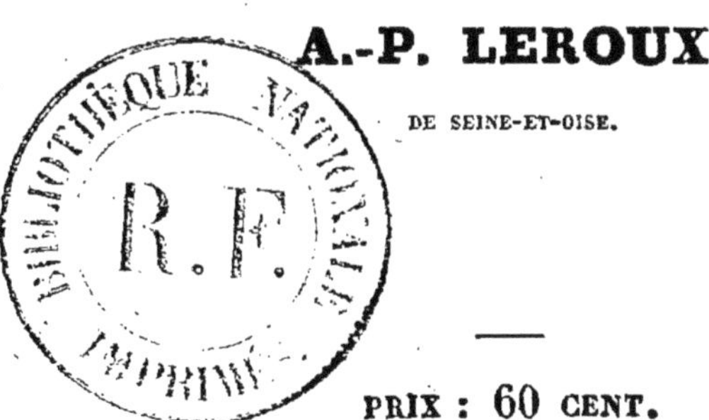
BIBLIOTHÈQUE NATIONALE
R.F.
IMPRIMÉS

PRIX : 60 CENT.

PARIS

CHEZ L'AUTEUR, 86, RUE LAFAYETTE,

ET CHEZ LES MARCHANDS DE NOUVEAUTÉS.

1849

1850

Paris. — Imprimerie Desoye et Ce (ouvriers associés), 32, rue de Seine.

TABLE DES MATIÈRES.

PRÉFACE

Des chansons ! des chansons politiques ! plus encore... des chansons philosophiques ! à cette heure ? Pourquoi ? à quel titre et avec quelle autorité ? N'avons-nous pas Béranger ?

Autant de questions que cette préface est chargée de résoudre.

Cette préface — entendons-nous bien sur le mot — car il y a préface et préface — il y a la préface-auteur, la préface-éditeur, la préface-ami, la préface-critique.

Ce n'est pas ici le lieu d'assigner son caractère à chacun de ces genres, encore moins d'en développer la théorie.

Cela se résume en deux mots :

La préface-auteur, c'est de l'amour-propre ou la conscience d'une valeur reconnue.

La préface-éditeur, c'est de la réclame en tout état de choses, soit que l'éditeur l'écrive lui-même ou la fasse écrire par l'auteur.

La préface-ami, c'est de la camaraderie, de l'éloge et non de l'appréciation, du sentiment et non de la raison.

La préface-critique, c'est un nom greffé sur un autre nom, un livre dans un autre livre, une réputation nouvelle entée sur une réputation acquise — quelquefois c'est pis encore : ce n'est qu'une affaire de mercantilisme, de spéculation ou d'agiot.

A si bien dire que ce travail ne devrait pas être intitulé *Préface* si nous ne lui avions par avance assigné ses limites.

Des chansons à cette heure? Eh mon Dieu! oui, — parce que la chanson est, plus en France que partout ailleurs, de tous les temps. On chantait du temps de la Ligue; on chantait pendant la Fronde; — sous la Régence on chantait; — on chantait durant notre grande Révolution, en courant à la victoire et jusqu'au pied de l'échafaud. Après avoir chanté sous l'Empire, sous la Restauration, sous Louis-Philippe, pourquoi ne chanterait-on plus aujourd'hui?

Pour le peuple, l'almanach est le livre des longues veillées; la chanson est la compagne fidèle de tous les travaux, de toutes les joies, de toutes les fêtes, de tous les jours, souvent une consolation ou une espérance. Voilà pourquoi M. A.-P. Leroux dit à ses vers :

Pour qu'on vous chante et qu'on aime à vous lire,
Du pauvre peuple égayez les abris,

M. A.-P. Leroux, en entrant dans la carrière, n'a d'autres titres à l'attention et à la bienveillance que sa jeunesse, son enthousiasme, sa modestie, sa foi républicaine, et, par dessus tout, un amour aussi profond qu'intelligent de ce peuple dont il connaît les souffrances et entrevoit le bonheur. C'est plus qu'il n'en faut, à coup sûr, pour être lu après avoir été chanté.

En effet, les chansons de M. A.-P. Leroux ne datent pas d'aujourd'hui. La plupart remontent à 1844 et 1845. Toutes ont été composées pour ainsi dire sur l'établi, aux cris aigus de la lime, aux coups retentissants des marteaux, au souffle impétueux des machines. La voix mâle de l'ouvrier les redisait en chœur au sortir de l'atelier, et les répétait le soir dans la mansarde.

Ainsi, ce recueil a déjà eu son succès — la publicité de la foule, du *peuple d'en bas*, si l'on veut, comme dit Béranger.

Qu'il nous soit permis de citer à ce propos quelques passages de la préface de 1831 de notre immortel et inimitable chansonnier.

« Je dirai seulement que ces chansons ont été

des compagnes fort utiles données aux graves refrains et aux couplets politiques. Sans leur assistance je suis tenté de croire que ceux-ci auraient bien pu n'aller ni aussi loin, ni aussi bas, ni même aussi haut ; ce dernier mot dût-il scandaliser les vertus de salon.

« Je n'ai pas fait seul toutes les chansons depuis quinze ou dix-huit ans. Qu'on feuillette tous les recueils et l'on verra que c'est dans le style *le plus grave* que le peuple voulait qu'on lui parlât de ses regrets et de ses espérances.

« Pourquoi nos jeunes et grands poëtes ont-ils dédaigné les succès que, sans nuire à leurs travaux, la chanson leur eût procurés ? »

Ce que le peuple voulait alors (1831) il le veut plus que jamais aujourd'hui. M. A.-P. Leroux l'a pensé ainsi avec raison, et c'est dans ce sentiment comme dans les encouragements de Béranger aux jeunes poëtes qu'il a puisé toute son autorité et je dirai presque toute son audace.

Toute son autorité, car la chanson politique et philosophique est un perpétuel enseignement.

La chanson politique ! c'est la voix de la liberté !

Arrière ! insensé qui nous crie :
« La presse active en ses ébats,
« Du pauvre écartant l'incurie,
« Le pousse à de sanglants débats. »

Mais la presse efface barrières,
Châteaux, soldats, rois et frontières.
Portons nos chants réformateurs
Aux producteurs.

(AUX PRODUCTEURS.)

Ici, c'est le cri de l'égalité.

Oh ! qui que vous soyez, respectez cet asile
Où sur la même couche et pour l'éternité
Dorment tant d'ennemis qu'un même arrêt exile,
Qui séparés jadis ont trouvé l'unité.
Respectez-les ces lieux, sombre et puissant domaine
Sur qui l'égalité fait passer son niveau ;
Creuset vers qui tout pèse, et se meut, et se traîne ;
Laboratoire immense où la nature humaine
Revêt une autre forme et jaillit de nouveau.

(STANCES.)

La chanson politique ! c'est la douleur du martyr, c'est l'espérance de l'opprimé.

Pourquoi faut-il que dans le sang des vôtres
Le progrès marche, et que l'homme insensé
Réserve encore aux plus fervents apôtres
Le noir gibet que Pilate a dressé ?
Pour raviver d'inexplicables haines,
De préjugés il reste un vieux levain.
L'amour peut seul rompre vos lourdes chaînes.
Les temps prédits s'accompliront demain.

Ce couplet est le dernier d'une chanson dédiée par M. A.-P. Leroux à son ami Albert, ex-membre du gouvernement provisoire, aujourd'hui condamné à la déportation, et, faute d'un Botany-Bay français, détenu à Doullens *à perpétuité!* La chanson politique, c'est le burin de l'histoire.

Au peuple encor la puissance fatale
Force le pauvre à mourir chaque jour ;
De son cadavre elle enrichit la dalle
Qui de la Morgue anime le séjour !
Le peuple, hélas ! octroyant son bien-être,
D'un maître encore étayant le tréteau,
Tombe au scalpel s'il échappe au salpêtre.
O vérité ! prête-moi ton pinceau.

(La Vérité.)

La chanson politique enfin c'est le chant de l'avenir :

Le progrès marche appuyé sur le temps !

Le nombre des chansons politiques est beaucoup plus considérable que celui des chansons philosophiques dans le recueil de M. A.-P. Leroux. Nous ne faisons du reste cette distinction que parce qu'il l'a établie lui-même dans son titre. A proprement parler, la philosophie de M. A.-P. Leroux n'est que de la morale ou de la psychologie, ou même encore et de préférence la simple observation ou l'analyse d'un fait.

Car nourrir sa douleur c'est y porter remède :
Comme la fièvre ardente au malade épuisé,
Elle nous rend la force, et le calme succède.
Tout chagrin fuit d'abord qu'il est analysé.
Pourquoi plaindre un objet que le néant supprime?
C'est pour soi qu'on gémit sur celui qui s'éteint.
L'égoïsme est au fond du regret qu'on exprime.
Les rides sont pour tous : la douleur les imprime
Au front de tout mortel dont le cœur est atteint.

(Le Vieux Cimetière.)

Nous avons voulu indiquer seulement par ces citations comment M. A.-P. Leroux avait compris sa mission au double point de vue que suppose son titre. Cette mission était difficile, périlleuse même ; aussi l'auteur ne nous paraît-il pas en avoir vaincu toutes les difficultés.

En effet, son rhythme, à l'exception de quelques pièces du genre élégiaque, offre trop d'uniformité. Le ton général du recueil exigeait plus d'entrain poétique ; car les sujets graves, pour être chantés, doivent être revêtus des plus vives couleurs, des ornements les plus étincelants de la poésie. Néanmoins; nous ne pouvons passer sous silence les pièces ayant pour titre :

Aux novateurs.
Théorie de la matière.
L'insurrection.
Evidence du progrès.

toutes pièces qui, dans les moments moins graves, ne seraient pas réellement du domaine de la chanson proprement dite.

M. A.-P. Leroux a peut-être trop oublié que le plus grand nombre des chansons de Béranger ne sont que des inspirations de sentiments intimes ou des caprices d'un esprit vagabond et que ce sont là ses filles chéries.

Quoi qu'il en soit, si le monde littéraire ne doit pas une prime à cet essai, il lui doit du moins de sincères encouragements.

Il n'en faut pas tant à l'ambition de M. A.-P. Leroux; il n'en faut pas plus pour l'absoudre de sa *témérité*,

UN RÉDACTEUR D'UN JOURNAL SUSPENDU.

CHANSONS
POLITIQUES ET PHILOSOPHIQUES

PAR

A.-P. LEROUX

DE SEINE-ET-OISE.

A MES VERS

AIR : *Allez cueillir des bleuets dans les blés.*

Loisirs du pauvre, ô vous qu'on vit éclore
Faibles et nus ! partez riches d'hier ;
Des opprimés la voix grave et sonore
Vous a redits, et pour vous j'en suis fier.
Nargue des cours... La plébéienne lyre
N'a point d'échos sous leurs pompeux lambris.
Pour qu'on vous chante et qu'on aime à vous lire,
Du pauvre peuple égayez les abris.

Partez, mes vers ; mais, ennemis du faste,
Sur votre route évitez bien sa glu ;
Oh ! n'allez pas, au profit d'une caste,
Brûler l'encens au malheur dévolu.

Quoi ! vous iriez, flatteurs qu'un masque abuse,
D'un chant vénal revendiquer le prix !...
L'or des méchants doit salir une muse ;
Du pauvre peuple égayez les abris.

Si les partis découvraient votre piste,
A tel ou tel gardez-vous d'applaudir :
Acteurs pressés dans un cercle égoïste,
Le peuple en eux ne saurait point grandir.
N'oubliez pas que pour tous Dieu fit naître
Ces fruits dorés que son œil a mûris ;
Gardez le droit de plaider contre un maître :
Du pauvre peuple égayez les abris.

Chez vos élus que de maux et d'alarmes !
A consoler vous aurez plus d'un cœur.
Bénissez Dieu qui vous montre des larmes :
Il est si doux d'être utile au malheur !
Laissez des grands l'inhumaine cohorte
Aux plaisirs seuls accorder quelque prix ;
Mais vous, enfants, qu'un noble amour transporte,
Du pauvre peuple égayez les abris.

Chez les heureux, grâce à votre énergie,
Vous obtiendrez d'insultantes rumeurs ;
L'ignoble bruit de la brûlante orgie
Etouffera vos gênantes clameurs.

Un vers obscène, aux lubriques parures,
Conviendrait mieux à des cœurs appauvris :
On ne sent rien sous l'éclat des dorures !
Du pauvre peuple égayez les abris.

Pour qui produit soyez un doux message ;
Chez les humains il n'eut jamais d'appui :
Esclave à Rome et serf au moyen âge,
Il souffre encor prolétaire aujourd'hui !...
Mais du passé pour effacer la trace,
Demain peut-être il s'asseoira surpris
Où l'Eternel avait marqué sa place :
Du pauvre peuple égayez les abris.

Partez, mes vers, et diligents prophètes,
Vers l'avenir guidez le travailleur ;
Dites-lui bien qu'il est des jours de fêtes
Comptés pour lui dans un monde meilleur.
Le temps est proche où de la servitude
Il doit briser les oripeaux flétris ;
Déjà ses fers sont usés par l'étude :
Du pauvre peuple égayez les abris !

17 *juin* 1845.

DÉDIÉE

A MON AMI ALBERT

Ex-membre du Gouvernement provisoire.

Air connu.

Frères, debout!... sur la foi des prophètes,
Les temps prédits bientôt vont s'accomplir!
L'égalité succombe au bruit des fêtes :
Debout! debout! votre cœur peut faiblir.
Des rois ont fui; mais leurs sceptres en poudre
Ont du progrès obstrué le chemin.
Dieu dans le ciel a rappelé la foudre :
Les temps prédits s'accompliront demain.

Debout, Lazare; aux douleurs mensongères,
Va, ne crois plus, pauvre déshérité!
Tel au matin voit des vapeurs légères
S'évanouir sous un rayon d'été,
Tel voit finir les arrêts d'un vieux monde
Qui t'exilait sous un ciel inhumain.
Pour qui sourit à la foudre qui gronde,
Les temps prédits s'accompliront demain.

Quand maint fuseau, par la vapeur qui gronde,
Tourne au profit de tes maîtres altiers,
De qui révèle une douleur profonde
Quand la voix meurt sous le bruit des métiers?

Va, ne crois pas vaincre par ta souffrance,
Que des soupirs trahissent, mais en vain ;
Pour qui s'endort bercé par l'espérance,
Les temps prédits s'accompliront demain.

Pourquoi la terre au printemps rajeunie,
Pourquoi la sève et des fleurs et des fruits,
Si la moisson que l'automne a jaunie
Laisse la faim dépeupler vos abris ?
Pourquoi d'un champ vous disputer l'empire ?
Dans l'unité le bonheur est certain.
Chacun pour tous doit semer ou produire :
Les temps prédits s'accompliront demain.

Pourquoi faut-il que dans le sang des vôtres
Le progrès marche, et que l'homme insensé
Réserve encore aux plus fervents apôtres
Le noir gibet que Pilate a dressé ?
Pour raviver d'inexplicables haines,
De préjugés il reste un vieux levain.
L'amour peut seul rompre vos lourdes chaînes.
Les temps prédits s'accompliront demain.

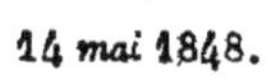
14 mai 1848.

AUX NOVATEURS

Air : *Gardez vos dieux, vos plaisirs et vos fers* (de Voitelain).

Vous dont la plume active et prophétique
Verse en nos cœurs un doux rayon d'espoir,
Malgré l'essor d'un génie athlétique,
Glanez encor dans les champs du savoir.
Des préjugés rompez la chaîne immonde ;
Bravez les cris d'imprudents détracteurs ;
Dans le creuset jetez un nouveau monde :
Marchez encor, courageux novateurs.

De vos aînés poursuivez l'œuvre immense,
Œuvre sublime incomprise au début.
Rêveurs sacrés, mais taxés de démence,
Las ! ils sont morts sans atteindre le but.
Vous le savez, la calomnie est prompte
A formuler des cris accusateurs ;
De vos efforts le peuple vous tient compte :
Marchez encor, courageux novateurs.

Des vérités élargissez l'empire ;
Frondez partout l'égoïsme et sa loi ;
Dans tous les lieux où l'être humain respire
Portez l'amour, le bien-être et la foi.
Si, refusant l'esprit de vos conquêtes,
Le riche alors repoussait vos labeurs,

Le peuple en arme appuîrait vos requêtes :
Marchez encor, courageux novateurs.

Laissez Fourier, dans sa philanthropie,
Mille ans trop tôt rêver l'attraction,
Et, propageant quelque fraîche utopie,
Préparez l'homme à la perfection.
Les vérités ont des lois qu'il faut suivre,
Malgré la voix d'imprudents conducteurs.
Qui naît trop tôt avorte au lieu de vivre :
Marchez encor, courageux novateurs.

Trève au soldat courbé sous son armure !
L'humanité n'eut jamais qu'un drapeau;
Pour le montrer sur une route obscure,
Quatre-vingt-treize alluma son flambeau.
Si, pour finir l'œuvre qui régénère,
Il nous fallait ses brandons destructeurs,
Laissez l'orage épuiser le tonnerre :
Marchez encor, courageux novateurs.

Pour nous régir, à quoi bon des ministres ?
Qu'opposent-ils aux maux des travailleurs ?
De froids calculs et des apprêts sinistres,
Des chiffres faux, des sophismes railleurs.
Le peuple, en vain, auprès d'eux intercède ;
De son espoir ils se font détracteurs.
Pourtant le mal appelle un prompt remède :
Marchez encor, courageux novateurs.

Pour quelques-uns une route aplanie,
Un vil repos, le bien-être et des fleurs ;
Au plus grand nombre une lente agonie,
Un long travail, l'indigence et des pleurs.
Ne pourrait-on, sans froisser l'opulence,
Glaner en paix sous des cieux protecteurs ?
L'arbre doit-il ses fruits à l'indolence ?
Marchez encor, courageux novateurs.

Tel un tronc nu survit à son écorce,
Résiste au glaive un système oppressé :
Contre la foi le salpêtre est sans force,
Et la loi meurt sur son fer émoussé.
Jésus, martyr, du haut de son calvaire
Laisse tomber des mots révélateurs !
Le bourreau frappe, et le monde s'éclaire :
Marchez encor, courageux novateurs.

Marchez encor, car de vos œuvres saintes,
Du monde, un jour, sortira le niveau.
Si, par le glaive, on étouffait vos plaintes,
D'autres martyrs surgiraient de nouveau.
L'arbre qui cède aux efforts des tempêtes
Laisse à son tronc des germes protecteurs.
A l'œuvre donc ! Eh ! qu'importent vos têtes !
Marchez encor, courageux novateurs.

4 juin 1845.

UN RÊVE

Air de la Sentinelle.

L'astre du jour avait quitté les cieux :
L'oiseau tremblant fuyait dans les bois sombres ;
Le frêle esquif du pêcheur soucieux
Cinglait au port sur des flots chargés d'ombres.
C'était l'heure où, dans les cités,
En songe heureux l'erreur pénètre.
Soudain, par la brise apportés,
J'entendis ces mots répétés :
Gloire aux martyrs qui m'ont fait naître,
Qui m'ont fait naître !

Sur les débris d'un sceptre ensanglanté,
Par vingt combats livrés au trône même,
Trônait un peuple au regard irrité,
Rompant ses fers mêlés au diadème.
La liberté sur des égaux
Régnait pour ne plus disparaître ;
Déchirant de vieux oripeaux,
Elle inscrivait sur nos drapeaux :
Gloire aux martyrs qui m'ont fait naître,
Qui m'ont fait naître !

Elle disait : « Tous les peuples sont forts.
« Honte à celui qui languit dans ses langes !
« De vos aînés les stoïques efforts
« Improvisaient d'invincibles phalanges :
« Dans l'arène où l'aigle a fini
« Ils sont tombés sans me connaître ;
« Mais leur foudre avait aplani
« Les sentiers d'un siècle béni.
« Gloire aux martyrs qui m'ont fait naître,
« Qui m'ont fait naître !

« J'ai vu Paris, formidable géant,
« Fournaise ardente où s'épuraient vos haines,
« Anéantir dans son gouffre béant
« Deux royautés de vos droits souveraines ;
« Pour des bronzes républicains
« Deux fois j'ai pétri le salpêtre ;
« J'ai de l'Ebre aux champs africains
« Conduit vos drapeaux incertains.
« Gloire aux martyrs qui m'ont fait naître,
« Qui m'ont fait naître !

« Nobles martyrs tombés à Saint-Méry,
« Héros vaincus sur le pavé d'un cloître ;
« Groupe immortel que la gloire a nourri,
« Soldats d'un jour que le péril fit croître,
« Apparaissez libres et beaux !
« Vous qui pour moi braviez un maître,

« Quittez la poudre des tombeaux :
« La raison reprend ses flambeaux.
« Gloire aux martyrs qui m'ont fait naître,
« Qui m'ont fait naître !

« Qu'ils étaient grands d'héroïsme et de cœur
« Ces réprouvés d'un enfer qui s'écroule !
« Ils souriaient quand le fer du vainqueur
« Les déchirait aux bravos de la foule.
« Leur front où j'entrais faible enfant,
« Creuset où s'épura mon être,
« Cachait le fœtus triomphant
« Des droits que tout roi vous défend.
« Gloire aux martyrs qui m'ont fait naître,
« Qui m'ont fait naître ! »

Elle parlait; et j'écoutais encor,
Quand le tocsin, jetant des sons funèbres,
Vint m'arracher à tous mes rêves d'or :
L'astre de feu dissipait les ténèbres ;
L'émeute à l'œil cave, aux cent bras,
Grondait pour sa part de bien-être ;
La faim décimait ses soldats...
Liberté, malgré vingt combats,
Pour des martyrs tu n'as pu naître !
Tu n'as pu naître !

31 *août* 1845.

REGRETS

Air : *Fuis, âme blanche, un corps malade et nu.*

L'aquilon gronde, et l'hiver infertile
Nous a touchés de son sceptre fatal ;
Et tout s'endort, et la Seine immobile
A revêtu son manteau de cristal.
Un ciel de plomb pèse sur la nature ;
L'oiseau timide a fui les arbres nus,
Et toi, parmi des tombeaux inconnus
Tu viens chercher ton humble sépulture !
Viens, que ton âme en remontant vers Dieu
Frémisse encor sous un baiser d'adieu.

Froide et durcie, à tes restes ouverte,
La terre attend ; mais, hélas ! pour mourir,
Attends aussi que riante et plus verte
L'herbe qui germe ait pu naître et fleurir ;
Que l'hirondelle active et printanière
Peuple nos champs de son aile effleurés ;
Que le zéphir, sous des cieux éthérés,
Ait caressé les fleurs du cimetière.
Viens, que ton âme en remontant vers Dieu
Frémisse encor sous un baiser d'adieu.

Que dis-je?... Meurs !... ce monde est un abîme
Ouvert au pauvre... Eh ! pourquoi vivrais-tu,
Quand parmi nous l'indigence est un crime,
Et qu'un peu d'or nous tient lieu de vertu?
Fuis-le, ce monde où sans guide on s'égare,
Monde étranger aux nobles passions,
Cercle d'erreurs et de déceptions,
Dans ses penchants moins généreux qu'avare.
Viens, que ton âme en remontant vers Dieu
Frémisse encor sous un baiser d'adieu.

Lorsqu'au travers d'une brume glacée
De l'astre pur filtre un rayon douteux,
J'aime à revoir par le froid nuancée
L'herbe où jadis nous reposions tous deux ;
J'aime ces lieux où ton nom se retrouve,
Où sans l'hymen nous aimions sans regrets,
Où j'ai reçu de ces baisers secrets
Que Dieu bénit... que le monde réprouve.
Viens, que ton âme en remontant vers Dieu
Frémisse encor sous un baiser d'adieu.

Je t'aimais jeune et belle sans parure,
Vierge arrachée aux phalanges des cieux.
L'illusion me montrait sous ta bure
Des purs esprits les contours gracieux.
Hier encor je te croyais un ange ;
Plus sage, hélas ! tu parlais d'avenir.

Que reste-t-il ?... Un riant souvenir,
Mêlé d'espoir, de douleur et de fange.
Viens, que ton âme en remontant vers Dieu
Frémisse encor sous un baiser d'adieu.

Quand tu souffrais, pour tes jours éphémères,
De tes adieux j'ai béni la lenteur ;
J'ai, pauvre fou ! par des larmes amères
Porté l'insulte aux pieds du Créateur.
Dieu ne veut pas que le néant s'achève
Pour les mortels que ses soins ont nourris :
Tu revivras quand les cyprès fleuris
De tes lambeaux raviveront leur sève.
Viens, que ton âme en remontant vers Dieu
Frémisse encor sous un baiser d'adieu.

Tu revivras au temps où Dieu fidèle
Jette un sourire à la nature en pleurs ;
Quand le printemps que le zéphir appelle
Aux arbres verts prêtera quelques fleurs.
Tu revivras quand des roses sans nombre
S'effeuilleront sous mes baisers d'amour ;
Tu revivras lorsqu'au déclin du jour
Un feu follet scintillera dans l'ombre.
Viens, que ton âme en remontant vers Dieu
Frémisse encor sous un baiser d'adieu.

10 *janvier* 1845.

LE CHIMISTE

A RAS....

AIR : *Voici de l'or, médecin, guéris-moi.*

Quoi ! jeune encore à ton art tu renonces !
Mais l'âge en toi n'a pas détruit l'espoir ?
D'un long travail peut-il naître des ronces
Pour couronner les élus du savoir ?
Vers l'inconnu jette un regard avide,
A la science, oh ! ne dis pas adieu !
Pour le combler son livre laisse un vide.
Pénètre encor dans les secrets de Dieu.

Pour les plaisirs ta jeunesse est perdue ;
Mais du savoir le livre est imparfait !
Viens du savant suivre la route ardue,
Un rêve au cœur, mais dans l'esprit un fait.
Non, des Newton l'œuvre n'est pas impie :
Restez muets, longs échos du saint lieu.
Combien de faits sont nés d'une utopie !...
Pénètre encor dans les secrets de Dieu.

Quand l'ignorance à tes creusets magiques
Attribuait des pouvoirs infernaux,

Trompés, hélas! des peuples fanatiques
De l'alchimiste ont brisé les fourneaux.
De leurs débris un autre art devait naître ;
Cet art grandit, mais il grandit si peu !
Crois et combine, analyse et pénètre
Les lois du monde et les secrets de Dieu.

Grâce aux progrès de ta science occulte,
L'être souffrant trouve un terme à ses maux.
Qui va semant sur une terre inculte
Croit d'un jeune arbre obtenir les rameaux.
Toi dont l'esprit sur des routes fertiles
Vient d'Hippocrate émanciper le vœu,
Ajoute, ajoute à tant de faits utiles ;
Pénètre encor dans les secrets de Dieu.

L'astronomie incomplète et difforme
Lassait en vain ses compas précieux.
Des purs cristaux le sable prend la forme,
Son regard d'aigle a mesuré les cieux.
Quand le progrès s'affublait d'hypothèses,
De son vieux char tu retrempais l'essieu,
Et l'homme instruit aux célestes fournaises
Dérobe un monde et des secrets à Dieu.

Fille du temps, quand la science humaine
D'ombre entourée errait à son début,

Ton art divin centupla son domaine
En lui payant un noble et long tribut.
De l'ignorance aux regards faux et mornes
Pour tes essais n'attends pas un aveu ;
Qu'on dise en vain : Le génie a des bornes !
Pénètre encor dans les secrets de Dieu.

On te dira : L'esprit a ses limites,
Tu répondras : Pour l'homme il n'en est point !...
Tout âge éteint laisse des prosélytes,
Propagateurs que le progrès s'adjoint.
Jette le gant à la sottise altière ;
De tes fourneaux ravive encor le feu,
Et fais jaillir de l'inerte matière
Les lois du monde et les secrets de Dieu.

15 décembre 1845.

LE VIEUX CIMETIÈRE

STANCES.

J'ai visité ces lieux où le cœur qui frissonne
Devine un cimetière aujourd'hui délaissé :
Comme la faux qui rase au temps où l'on moissonne,
Sur son front chauve et gris dix siècles ont passé.
Le vivant foule aux pieds son sable délétère
Emportant chaque jour d'humaines fractions ;
Mille ans de sépulture ont fatigué sa terre,
Gouffre avide et profond, béant comme un cratère,
Abîme où vont finir les générations.

Il n'est plus maintenant, et la main du Vandale
A brisé l'humble croix et desséché ses fleurs ;
Plus d'amante épanchant sur la poudreuse dalle
Pour un trésor perdu des regrets et des pleurs.
Ses cyprès renversés n'arrêtent plus la brise,
Et l'enfant quelquefois de sa débile main
Fait voler en éclats les vitres de l'église
Qui lui survit encor, quand sa mère surprise
Le rencontre jouant avec un crâne humain.

La feuille morte et l'herbe à deux genoux foulées
Du pauvre qu'on regrette indiquaient le cercueil,

Et l'homme a tout détruit! même ces mausolées,
Fastueux monuments qu'on élève à l'orgueil,
Où nul ne vient prier, où jamais une larme
Ne vient ternir l'éclat de leurs marbres polis.
Pour le riche oublieux la prière est sans charme.
Que peut-il regretter?... il vit exempt d'alarme;
Le lin qui couvre un mort n'a point d'or dans ses plis.

Son vieux mur où des fleurs se mariaient au lierre
Ne défend plus cet antre où dorment tant de morts,
Et quand l'orage gronde on peut voir leur poussière
Par l'ouragan portée ailleurs, vers d'autres bords.
Le soc aigu, la bêche ont creusé sa surface
Et scalpé de leur fer ses tombeaux vermoulus.
Ainsi, l'homme en partant ne laisse point de trace:
Chaque siècle voit croître et s'éteindre une race
Soumise à des décrets éternels, absolus.

Nous partirons aussi, nous dont l'esprit profane
Ose interroger tout. Œuvre de Jéhovah,
Un fruit nouveau remplace un fruit mûr qui se fane;
L'homme succède à l'homme, et rapide il s'en va.
Et le soir, quand la brise ardente et parfumée
Emporte des vapeurs qu'elle emprunte aux cyprès,
Nul ne sait qu'il aspire une poussière aimée,
Cendre inerte aujourd'hui, mais jadis animée,
Qu'un moteur incompris pour mourir fit exprès.

Et parmi tous ces morts, dont la poudre se mêle,
Malgré l'orgueil des rangs par nous même affermi;
Au sein de ces débris que le temps amoncèle,
Qui n'a pas une épouse, une mère, un ami?
Une amante, que Dieu, dans sa miséricorde,
Comme un bouclier saint place auprès du malheur;
Ange qui toujours veille, et qu'au pauvre il n'accorde
Que pour le consoler, mais qui souvent l'aborde
Le sourire à la bouche et la tristesse au cœur?

J'avais un ange aussi, pauvre femme au cœur tendre!
Après un an d'angoisse elle est partie, un soir,
Et ma main en tremblant quelquefois va suspendre
Une simple couronne à sa croix de bois noir.
Elle est partie, hélas! brisée à son aurore,
Et l'hiver grandissait!... L'an nouveau commencé
N'avait point vu de fleurs s'épanouir encore,
Le givre s'attachait au pied du sycomore
Comme le blanc suaire au front du trépassé.

Aussi, j'aime l'hiver et ses nuits sans étoiles,
Ses aquilons glacés, son triste et long sommeil;
Ses nuages brumeux, qui, noirs et sombres voiles,
Dérobent la nature aux baisers du soleil.
J'aime ses glaciers bleus, ses ouragans, sa bise,
De son soleil éteint l'absence ou la pâleur;
J'aime ses blancs frimas, l'onde qu'il cristallise:

Tout ce qui peut enfin, dans mon âme qu'il brise,
Raviver la tristesse et nourrir la douleur.

Car nourrir sa douleur c'est y porter remède :
Comme la fièvre ardente au malade épuisé,
Elle nous rend la force, et le calme succède.
Tout chagrin fuit d'abord qu'il est analysé.
Pourquoi plaindre un objet que le néant supprime ?
C'est pour soi qu'on gémit sur celui qui s'éteint.
L'égoïsme est au fond du regret qu'on exprime.
Les rides sont pour tous : la douleur les imprime
Au front de tout mortel dont le cœur est atteint.

Oh ! qui que vous soyez, respectez cet asile
Où sur la même couche et pour l'éternité
Dorment tant d'ennemis qu'un même arrêt exile,
Qui séparés jadis ont trouvé l'unité.
Respectez-les ces lieux, sombre et puissant domaine
Sur qui l'égalité fait passer son niveau ;
Creuset vers qui tout pèse, et se meut, et se traîne ;
Laboratoire immense où la nature humaine
Revêt une autre forme et jaillit de nouveau.

26 *octobre* 1845.

LE SEPTEMBRISEUR

Air : *Non, mon pays, tu ne dois pas mourir.*

Septembriseur ! comme un spectre magique
Ce nom grandit par la crainte imposé.
Arrête un peu, détracteur politique :
Lorsqu'en esclave au front stigmatisé
L'homme à tes pieds rampait faible, abusé,
Devait-il donc, ilote et tributaire,
Sous son fardeau succomber et gémir ?
Il dut flétrir un sceptre héréditaire ;
Septembriseur, je ne dois pas rougir.

Du monde alors courbés sous les outrages,
Vaste océan dans un gouffre attiré,
La brise en feu précurseur des orages
Roulait captif un flot dégénéré,
Par la tourmente un instant épuré.
Mais de sa digue il dépasse le faîte,
Il monte. Au loin ses vagues vont mugir ;
Moi, faible grain, j'ai grossi la tempête.
Septembriseur, je ne dois pas rougir.

Quatre-vingt-neuf arme ses prosélytes,
La liberté se montre à l'horizon ;
Planète immense, elle a pour satellites
Le droit, la force et la docte raison

Que torturaient la crainte et la prison.
L'astre paraît, d'un pur éclat il brille ;
Mais quel bienfait soudain il fait surgir !
Des fers rompus renversent la Bastille.
Septembriseur, je ne dois pas rougir.

Sur les débris d'un esclavage antique
Germaient la paix, la gloire et la grandeur.
Un roi tombé du tréteau despotique
Fait signe au Nord, qui dans sa folle ardeur
Veut de son trône étayer la splendeur.
Mais c'est en vain qu'il rêve la conquête :
Aux nations que son doigt fait agir
Comme un défi, moi, je jetai sa tête !
Septembriseur, je ne dois pas rougir.

Au sein des camps, dans les bois, dans la plaine,
Dans nos cités, même au sein des cachots,
La trahison, la discorde et la haine,
Tramant dans l'ombre un surcroît de complots,
Du peuple encore aiguillonnent les flots.
Le beffroi tinte ! . . . .
Mais des tyrans l'étoile va pâlir.
A chacun d'eux je disais : Soyons frères !
Septembriseur, je ne dois pas rougir.

Vois, lui disais-je, une caste est flétrie ;
A l'oublier daigne m'encourager;

Laisse un vain titre, et fils de la patrie,
A la frontière où grandit le danger,
Viens repousser la honte et l'étranger.
Partage au moins cet amour qui m'anime.
L'orgueil t'égare et je voudrais fléchir.
Il disait : Non !... Je frappai !... Fut-ce un crime ?
Septembriseur, je ne dois pas rougir.

Oui, ma justice a causé bien des larmes :
Mais du passé les traits nus et flétris
Offraient un monde environné d'alarmes,
Temps où les rois décoraient leurs lambris
Avec des pleurs, du sang et des débris.
Si j'ai frappé ces maîtres qu'on abhorre,
Contre nos droits ils voulaient réagir.
Des libertés j'ai provoqué l'aurore.
Septembriseur, je ne dois pas rougir.

Gardez-le donc infamant, légitime,
Ce vain stigmate à mon front imprimé ;
Car de l'erreur innocente victime,
Contre les miens le vulgaire animé
Par le mensonge est toujours informé.
Combien de nous ont péri sous la hache
Lorsqu'en vos mains vous teniez l'avenir !
Pour nous flétrir, il faut être sans tache.
Septembriseur, je ne dois pas rougir.

4 octobre 1844.

LE CENTENAIRE

AIR : *De bien loin je vous apporte des airs de chansons.*

Oui, j'ai passé la centaine !
Or ça, mes enfants,
Accourez sous le vieux chêne
Qui vit mes vingt ans.
Accourez tous du vieux sage
Ouïr le discours :
Souvent j'ai sous ce feuillage
Prédit les beaux jours.

J'ai, dans la Rome nouvelle,
Vu le droit papal
Nourrir la sève mortelle
Du tronc féodal.
Mais quand pesaient sur la terre
Des sceptres si lourds,
J'avais d'un siècle prospère
Rêvé les beaux jours.

J'ai vu, grâce à la régence,
Le peuple affamé.
Bientôt sous Louis de France,
Dit le Bien-Aimé,

J'ai de royales maîtresses
Maudit les amours :
Nos pleurs, fruits de leurs caresses,
Payaient leurs beaux jours.

Malgré mon âge et les rides
Qui couvrent mon front,
J'ai contre des rois perfides
Vengé maint affront.
Ils voulaient d'un règne inique
Protéger le cours !
Enfants, de la République
J'ai vu les grands jours.

De cohortes étrangères
J'ai vu les ébats,
Et nos phalanges guerrières
Vaincre leurs soldats.
De vingt rois j'entends encore
Les bruyants tambours
Rouler leur fuite et l'aurore
De nos plus beaux jours.

J'ai vu (mon cœur saigne encore
A ce souvenir)
La liberté que j'implore
S'éteindre et finir ;

Un aigle avait dans l'arène
  Fait place aux vautours.
Son vol a rompu la chaîne
  De nos plus beaux jours.

Fuyant leurs antres sauvages,
  Des peuples obscurs
Deux fois ont vu nos rivages ;
  Deux fois sous nos murs
J'ai vu flotter leur bannière,
  Et de nos faubourgs
Leurs pieds fouler la poussière.
  Fi ! de nos Cent-Jours.

Quand de nos droits comme un rêve
  L'ombre s'envola,
J'ai vu se rompre la trêve
  Qui les exila,
Et sous le plomb populaire
  Frémir le velours.
D'un salpêtre tutélaire
  Sont nés les trois jours.

Mais d'une Charte frivole
  Naît un repentir,
Et chaque planche d'Arcole
  Reçoit un martyr :

Leur sang a rougi ses piles
Aux sveltes contours.
J'ai vu d'autres Thermopyles !
Fi ! de nos trois jours.

Où murissait l'humble gerbe,
Prix de longs efforts,
J'ai vu la crête superbe
De maints châteaux-forts,
Et pour des bronzes funèbres
Créneler leurs tours !
L'espoir oppose aux ténèbres
L'éclat des beaux jours.

Malgré des lois inhumaines,
Les champs vont fleurir ;
L'épi qui germe en nos plaines
Pour tous va mûrir.
Faut-il que pour la paresse
Vous semiez toujours ?
Non !... d'une injuste détresse
Naîtront les beaux jours.

3 *mai* 1845.

A BARTHÉLEMY

AIR : *O mon pays ! tu ne dois pas mourir.*

Barthélemy, qu'as-tu fait de ta lyre,
Fécond poëte au front révélateur ?
De Némésis en vain l'ombre t'inspire :
Ton luth orné d'un métal corrupteur
Ne répond plus au souffle inspirateur.
Si pour ton cœur la fortune a des charmes,
Sous des verroux gémit la liberté ;
Quand pour le peuple il est encor des larmes,
Reprends ton luth avec ta pauvreté.

Tu répondras : « Dans la souffrance écloses
Sous un ciel sombre aux orages formé,
De mon primtemps j'ai vu pâlir les roses.
Me fallait-il de regrets consumé
Fuir du plaisir le cortége animé ? »
Non. Mais nos droits placés dans la balance,
L'amour du peuple et ton nom respecté
Valaient bien l'or qui paya ton silence.
Reprends ton luth avec ta pauvreté.

Ton cœur peut-être a subi le prestige
Qui de ta muse arrêta les accents.
Mais de ta gloire ils ont brisé la tige !
Et toi, servile en des écrits récents,
A de faux dieux tu prodigues l'encens.
Un sceptre, hélas ! pèse encor sur nos têtes,
Lorsque, pilote habile et regretté,
Tu fuis la barque au signal des tempêtes.
Reprends ton luth avec ta pauvreté.

Mais, diras-tu : « La gloire est éphémère
Et ses lauriers fécondés par des pleurs
Ne sont toujours qu'une ombre, une chimère ;
Pour le poëte, enfant né des douleurs,
La renommée est un printemps sans fleurs. »
Jadis, Homère au Pinde dut prétendre,
Pauvre et sublime au Pinde il fut porté ;
Quand son génie anime encor sa cendre,
Reprends ton luth avec ta pauvreté.

Déserte un monde où sans vertus l'on brille,
Fuis des grandeurs le séjour infernal,
Et fils du Pinde, au sein de ta famille,
Imitant Perse, Horace et Juvénal,
Fais qu'au Parnasse on ne soit plus vénal.

L'or n'est qu'un masque utile à l'imposture
Que jette au loin la simple probité.
Va ! le bonheur gît encor sous la bure ;
Reprends ton luth avec ta pauvreté.

Vois ! le progrès, comme un torrent sans digue,
D'un monde usé recouvre les débris ;
Pareil au Nil, de son limon prodigue,
Il fertilise, à nos regards surpris,
Ce monde usé qu'aux tyrans il a pris.
Quand de leur pied cent rois laissent l'empreinte
Au front pâli de l'humble vérité,
Pour les flétrir, mais sans haine et sans crainte,
Reprends ton luth avec ta pauvreté.

15 *mai* 1844.

AUX RICHES

Air : *Il est encor des héros à chanter.*

Nu, frêle, pauvre et chargé d'anathème,
Sur cette terre, un jour, moi, j'apparus ;
Des pleurs brûlants versés à mon baptême
Prouvaient des maux par ma naissance accrus.
Au centre impur d'un opulent royaume,
Couvert d'abris, inhabités parfois,
Pour m'abriter je n'eus pas même un chaume !
Je ne veux plus me soumettre à vos lois.

Perdu bientôt sur des chemins arides,
De mes tourments quand j'implorais la fin,
Vous, bien repus, de vos repas splendides
Vous refusiez les miettes à ma faim.
Crédule alors, je chargeais votre table
De mets auxquels moi seul avais des droits...
Le désespoir est parfois redoutable.
Je ne veux plus me soumettre à vos lois.

Je vous ai cru des droits à la paresse,
Et sur un sol entre vous partagé
En longs efforts j'épuisai ma jeunesse,
Moi, producteur par l'oisif outragé.

Pour vos besoins devais-je ainsi souscrire?
Mais, pauvre atôme écrasé sous vos doigts,
De mes aïeux j'ai la voix pour maudire.
Je ne veux plus me soumettre à vos lois.

De votre code épurez le vieux texte :
Contre le faible il vous fut inspiré.
De vos méfaits il n'est que le prétexte,
Légitimant un long crime avéré.
Si votre code était l'œuvre commune,
S'il protégeait l'innocence aux abois !
Mais pour le pauvre il n'est point de tribune !
Je ne veux plus me soumettre à vos lois.

De vos larcins quand la somme est tarie,
Sur un lambeau par la mitraille usé,
Avec du sang vous écrivez : patrie !
Patrie ! hélas ! par ce mot abusé,
De l'Ebre au Nil, du Borysthène au Tibre,
J'ai pour vous seuls butiné chez vingt rois.
J'ai cru la France... On lui criait : Sois libre !
Je ne veux plus me soumettre à vos lois.

En vain le temps dans sa course rapide
Au bien d'autrui semble vous donner droit,
Oh ! place à moi, dont le soc intrépide
Creusa pour vous le sillon moins étroit.

Quand d'Israël les fils qu'un prêtre damne
Gisaient captifs sous l'Egypte et ses rois,
Sur les vaincus Dieu fit tomber la manne.
Je ne veux plus me soumettre à vos lois.

Apparaissez, hommes dont le génie
Féconde en moi des pensers niveleurs ;
Aux dieux du jour prouvez que l'harmonie
Adoucirait mes destins et les leurs.
Que dis-je ? Oh ! non... laissez-moi sur ma paille :
Dans le désert se perdrait votre voix.
Pourtant le riche et m'insulte et me raille.
Je ne veux plus me soumettre à ses lois.

14 août 1845.

THÉORIE DE LA MATIÈRE.

AIR : *Fuis, âme blanche, un corps malade et nu.*

Vaste univers, admirable nature,
But gigantesque ignoré des mortels!
Permets, permets que faible créature
J'ose écarter tes voiles éternels.
Fi du sceptique! il marche à l'athéisme ;
Pourtant, ici, par le doute inspiré,
Je veux, froissant un culte révéré,
Sous ses faux dieux broyer le fanatisme.
Vaste univers, dans ton immensité,
As-tu vécu de toute éternité?

Prêtres, cessez de lancer l'anathème ;
Si d'hérésie il est des cœurs imbus,
L'intolérance, érigée en système,
De votre dogme a trahi les abus.
Du Christ en vain vous lanciez les préceptes
Lorsqu'en son nom vous dressiez des bûchers.
De son Calvaire ont frémi les rochers
Quand de Luther vous brûliez les adeptes.
Vaste univers, dans ton immensité,
As-tu vécu de toute éternité?

L'homme, jugeant ta substance éphémère,
De ta durée a limité les ans ;

Dans son orgueil il précisa ton ère,
Et d'un esprit fit surgir tes géants.
Trop vaste plan que nul ne peut connaître,
Si ton ensemble accuse un créateur,
Lorsqu'en ton sein tu portes ce moteur,
Tu fus toujours ou bien il a dû naître.
Vaste univers, dans ton immensité,
As-tu vécu de toute éternité ?

Prêtre, réponds... jusqu'où va ton audace !...
Par Dieu, dis-tu, les fruits nous sont donnés ;
De notre terre il peupla la surface
D'êtres vivants à l'homme destinés ?
Ces vains récits, la raison les abjure :
Dans nos déserts quand le tigre affamé
Emporte au loin le chasseur alarmé,
D'un Dieu plus fort tient-il donc sa pâture ?
Vaste univers, dans ton immensité,
As-tu vécu de toute éternité ?

Tout corps céleste est par toi tributaire
D'un globe étroit dans le vide égaré.
Dieu, nous dis-tu, fit pour l'homme et la terre
Ces astres purs dont le ciel est paré.
De ces erreurs qu'en tous lieux tu fécondes
L'intelligence a gratté le vernis ;
Car tout là-bas, par groupes réunis,
Il est encor des soleils et des mondes.

Vaste univers, dans ton immensité,
As-tu vécu de toute éternité?

Du Créateur incessante auxiliaire,
Forte, puissante, insensible à son gré,
La vie agit sur la nature entière,
Dont la vigueur se trahit par degré.
Aux formes près nul ne peut cesser d'être.
Honte à celui qui déplorant son sort
Trouve, en tremblant, à redire à la mort,
Lorsque sans elle il n'aurait pu paraître.
Vaste univers, dans ton immensité,
As-tu vécu de toute éternité?

Sans altérer ni grossir ton volume,
Tout croît et meurt ! et de tes flancs poudreux
L'impur cadavre et la fleur qui parfume
Pour vivre encor s'élancent plus nombreux.
Par la substance, aux éléments conforme,
L'être est ainsi par l'être propagé,
Et chaque règne à ces lois engagé
Naît, vit et meurt, renaît et se transforme.
Vaste univers, dans ton immensité,
As-tu vécu de toute éternité?

A Mlle M.........

AIR : *Ah ! pour partir, mon âme, attends encore.*

Dans cette chambre, où triste et solitaire
De longs ennuis j'ai subi la rigueur,
Aurais-je, hélas ! de ma voix populaire
Perdu soudain la naissante vigueur ?
Mes vers sont froids, le peuple en vain m'inspire ;
Mon cœur s'endort sur le luth énervé !
Pour préluder j'ai besoin d'un sourire ;
Daigne apparaître, ange que j'ai rêvé.

Oh ! n'attends pas que j'aie à mon prélude
D'un pauvre barde éprouvé les revers.
Deviens ma muse : éclairé par l'étude
Un long travail épurera mes vers.
Peut-être alors de lierre et d'immortelle
Chargeant mon front sur ton sein ravivé,
Viendra la gloire au mérite fidèle.
Daigne apparaître, ange que j'ai rêvé !

Viens ! je t'attends. A ma muse engourdie
Ouvre les champs de la célébrité ;
Verse en mon âme un instant refroidie
Ce feu qui pousse à la sublimité.
Mon luth est prêt... Sur ses cordes muettes
Module un chant sous le chaume approuvé :

Le peuple encore a besoin de poëtes.
Daigne apparaître, ange que j'ai rêvé !

Quatre-vingt-treize !... Hélas ! ton nom répète
L'écho plaintif du lugubre beffroi :
Mort en naissant, de ton œuvre incomplète
Il n'est resté que le doute et l'effroi.
Des rois proscrits ont déchiré le tome
Où par le glaive un beau nom fut gravé.
D'un novateur ils ont fait un fantôme !
Daigne apparaître, ange que j'ai rêvé !

Malgré trois jours de luttes intrépides
La liberté compte encor des martyrs.
Leur sang versé sur des landes arides
N'a fécondé que d'amers repentirs.
Quand de leur poudre ils noircissaient le Louvre,
Un lâche oubli leur était réservé !
Pour les tirer du néant qui les couvre,
Daigne apparaître, ange que j'ai rêvé.

D'un sombre hiver nous subissions la rage,
Sur nos moissons l'aquilon prend son tour ;
L'oiseau saisi par le givre ou l'orage
S'abrite encor sous l'aile du vautour.
Mais dans l'espace un point brille et colore
Ces champs féconds dont le peuple est privé !
Pour l'avenir j'ose espérer encore.
Daigne apparaître, ange que j'ai rêvé !

3 *février* 1845.

AUX PRODUCTEURS.

Air : *C'est le chant des mineurs d'Otzel.*

De vivre et muette et craintive
L'ordre te fut-il intimé ?
Alerte ! ô muse, et plus active
Fredonne encor pour l'opprimé.
La loi n'est qu'injuste et cruelle,
Accours : ta mission est belle,
Porte mes chants réformateurs
Aux producteurs.

Du sol témoin de leur souffrance
Leurs mains ont triplé les produits ;
De vivre ils avaient l'espérance ;
Mais las ! du partage éconduits,
Pour prix d'un fardeau réciproque
Ils n'ont qu'un salaire équivoque.
Portons des chants réformateurs
Aux producteurs.

L'abeille, étrangère aux détresses,
Vit-elle en butte aux oppresseurs ?
En droits, en travail, en richesse,
Chacune est égale à ses sœurs.

L'oisif est banni de son temple !
Ne peut-on suivre cet exemple ?
Portons des chants réformateurs
Aux producteurs.

Progrès d'une riche industrie,
Sur qui verses-tu tes bienfaits ?
Aux biens qu'il donne à la patrie
Le pauvre a-t-il eu part jamais ?
Chaque jour il peuple le bagne
Des siens que la misère gagne !
Portons des chants réformateurs
Aux producteurs.

Pour vivre en un cercle que trace
L'abus d'un système erroné,
Le pauvre est-il d'une autre race ?
Hélas ! d'épines couronné,
Chargé d'une croix arbitraire,
Toujours il gravit son calvaire.
Portons des chants réformateurs
Aux producteurs.

Le peuple est-il moindre en génie ?
Il a produit Rousseau, Milton,
Fourier, père de l'harmonie,
Lescot, Guttemberg et Newton,

Et mille autres dont la pensée
Raffermit notre âme froissée.
Portons des chants réformateurs
Aux producteurs.

Arrière ! insensé qui nous crie :
« La presse active en ses ébats,
« Du pauvre écartant l'incurie,
« Le pousse à de sanglants débats. »
Mais la presse efface barrières,
Châteaux, soldats, rois et frontières.
Portons nos chants réformateurs
Aux producteurs.

24 *avril* 1845.

LES SOLDATS DE L'EMPIRE.

Air : *Elle aime à rire, elle aime à boire.*

Ouvrons l'urne lacrymatoire ;
Viens, muse, évoquer la grandeur ;
De Rome effaçons la splendeur
Par des récits de notre histoire.
Que de fois la gloire a nourri
Ces preux dont la valeur m'inspire !
Heureux les soldats de l'Empire !
Pour eux les lauriers ont fleuri.

Le sceptre a chamarré ta bure,
Soldat, de noblesse imprégné :
La République avait signé
Tant de blasons à la roture !
Dans sa poudre un trône a mûri :
L'enfant naît et la mère expire !
Heureux les soldats de l'Empire !
Pour eux les lauriers ont fleuri.

Des rois que nous fait le conclave ?
Viennent les peuples conjurés.
Déjà leurs pas sont mesurés :
Notre terre affranchit l'esclave.
Toujours un trône est appauvri
Quand la raison marche et conspire.

Heureux les soldats de l'Empire !
Pour eux les lauriers ont fleuri.

Mais de leur phalange amoindrie
Des traîtres se sont exilés ;
Eux, nobles restes mutilés,
Sauront mourir pour la patrie.
La renommée offre un abri
A leur gloire où le monde aspire !
Heureux les soldats de l'Empire !
Pour eux les lauriers ont fleuri.

Venez, fiers de vos Pyramides,
Revoir le berceau des Césars,
Vous dont les nobles étendards
Guidaient de nouveaux Héraclides.
Héros ! si vos noms ont péri,
Toujours votre gloire respire !
Heureux les soldats de l'Empire !
Pour eux les lauriers ont fleuri.

Que dis-je ?... Indolente et craintive,
La France a perdu ses beaux jours :
Son aigle est morte pour toujours
Et le Rhin n'a plus qu'une rive !
La peur fait entendre son cri,
L'honneur se tait, l'ardeur soupire.
Heureux les soldats de l'Empire !
Pour eux les lauriers ont fleuri.

14 décembre 1844.

RÊVERIES.

Air : *Hirondelle gentille, qui voltige à la grille.*

I

Pauvre âme prisonnière,
Échappe, à ma prière,
De ton cercueil ;
Pars ! et, colombe agile,
De ta prison d'argile
Quitte le seuil.

Sois errante... et sans trève
Cherche Dieu, cette sève
De l'univers !...
Et, muse radieuse,
Pour la strophe pieuse
Polis mes vers.

Pour aimer la nature,
Dont la voix toujours pure
Se mêle au vent,
Plane sur ces collines
Que couvrent les ruines
D'un vieux couvent.

C'est là que, solitaire,
Pour oublier la terre,
J'allais parfois !...

Oh ! partons dès l'aurore !
J'y veux rêver encore
Comme autrefois.

II

J'aime tes bords humides
Et tes ondes limpides,
Etroit ruisseau,
Quand la brise y demeure
Comme un enfant qui pleure
Dans son berceau.

Quand l'hiver sur ta fange
Jette un manteau d'archange,
Terre au front vert,
Sur nos montagnes nues
Je vois entre deux nues
Le ciel ouvert.

A l'aspect de ces mondes
Aux surfaces fécondes,
Aux cœurs de feu,
En moi le doute expire :
Je me tais, et j'admire
L'œuvre de Dieu.

Sublime et saint prodige !
Auprès de toi, que suis-je ?
T'ai-je conçu?
Imperceptible atome,
Du céleste royaume
Suis-je aperçu ?

III

Oui, j'aime la prairie,
Quand sur l'herbe fleurie
Assis le soir,
Mystérieuse haleine,
Un feu follet m'entraîne
Près d'un manoir.

Que vois-je?... O reste antique !...
C'est là, sous ce portique
Aux arceaux d'or,
Qu'à son départ le maître
Passait pour disparaître
Au son du cor.

C'est bien là que naguère,
Au retour d'une guerre,
Le ménestrel

Venait, poëte à gage,
Pour son frère en servage
Chanter noël.

Haut baron, chatelaine
Ont quitté ce domaine;
Mais toi, château,
Plus qu'eux dure ta pierre
Que couvre la poussière
De leur tombeau.

IV

Quand la tempête gronde
Et que la foudre sonde
Le flot amer,
Je vois l'homme débile
Dans la barque fragile
Que bat la mer.

O Vésuve au front large!
Lorsque ton flanc se charge
D'éruptions,
Ton cratère est une âme
Que corrode la flamme
Des passions.

V

J'aime, ô vierges rieuses,
Voir en boucles soyeuses
Vos blonds cheveux
Sur vos épaules blanches
Flotter comme les branches
D'un saule vieux.

Va! crois-moi, jeune vierge,
Pour le cloître et la serge
Suspends ton vœu,
Lorsqu'aux fleurs doux zéphire
Comme un amant soupire
Un tendre aveu.

VI

Pourquoi d'un cimetière
Ne fouler la poussière
Qu'avec frayeur?
Plein de sa rêverie,
Là qui médite et prie
S'en va meilleur.

Quand la douleur m'appélle
Sur ta couche éternelle,

Sombre séjour,
Je jette à chaque tombe,
Comme une fleur qui tombe,
Un mot d'amour.

VII

Quand des flots qu'il soulève
L'ouragan bat la grève,
Pêcheur, crois-moi,
Reste auprès d'un vieux père :
Si ta famille espère,
Ce n'est qu'en toi.

Ton étoile scintille ;
Mais à l'horizon brille
Un sombre éclair ;
Sous sa brumeuse robe
Un nuage dérobe
Ton ciel moins clair.

Ton guide est une étoile :
Au vent ferme ta voile,
Le ciel est noir ;
Pour ta barque qui vole
Sous le souffle d'Eole,
Tremble le soir.

25 *janvier* 1845.

NOUS VERRONS PLUS TARD.

AIR : *Entre la Chambre et le trône y a donc plus d'entendement.*

Libre comme un vilain,
A la satire enclin,
Dois-je sur le vélin
Coucher de vieux abus
Dont bon nombre d'intrus
Font semblant d'être imbus?
— Non, — me dit la prudence.
Né railleur et bavard,
Je fronde la licence,
Et nous verrons plus tard.

En style épicurien
La sagesse est un bien
Pour celui qui n'a rien.
Par le plaisir vaincu,
Désormais convaincu,
J'ai grâce à cet écu
Remis pour la huitaine
Ma sagesse à l'écart.
Encore une fredaine,
Et nous verrons plus tard.

A l'espoir du bonheur
Sacrifiant l'honneur,
Lise aime un suborneur;
Mais Lise avait compté
Fixer par sa beauté,
L'amant sans loyauté.
Son amour peut, Lisette,
Durer jusqu'au bâtard :
Riche il est; toi, pauvrette ;
Et nous verrons plus tard.

Hélas ! comme autrefois,
Nous n'avons sur les rois
Rien conquis; mais je crois
Que le pauvre abusé,
Quoique un peu divisé,
Des grands a trop usé :
Son vieux sang et ses larmes
Pour un prochain César
Ont retrempé ses armes ;
Et nous verrons plus tard.

Pauvre et vieux serviteur,
Par un décret menteur,
Jérôme est électeur.
Il allait par sa voix

Ratifier son choix,
Quand son maître aux abois,
Pour des noms qu'il remplace,
Lui dit : Sans nul retard,
Vote ou prends ta besace,
Mais nous verrons plus tard.

Faut-il par un budget
Soutenir un projet
Dont le peuple est l'objet ?
L'État est sans moyens ;
Ajournez, citoyens,
Vos placets plébéiens.
De nos ventrus en herbe
Chacun redit à part :
J'ai le grain, prends la gerbe,
Et nous verrons plus tard.

Philanthrope imprévu,
Qu'autrefois on a vu
De dix emplois pourvu,
Thiers se lève : Et surtout,
Soyons, dit-il, partout
Pour le peuple avant tout.
A le croire on s'applique ;
Mais je soupçonne un dard

Au reptil monarchique.
Et nous verrons plus tard.

Sur nos champs opprimés
Roulent vingt rois armés
Au carnage animés.
Moi qui n'ai, Dieu merci,
Rien à défendre ici,
Je n'en prends nul souci.
La patrie en marâtre
Ne m'a fait prendre part
Qu'au travail du mulâtre.
Et nous verrons plus tard.

2 août 1848.

A HÉGESIPPE MOREAU

AIR : *Et vers le Ciel se frayant un chemin.*

Dans cet asile où s'éteint la souffrance,
Où de ses maux l'homme entrevoit le but ;
A ce séjour de deuil et d'indigence
Le Pinde aussi vient payer son tribut.
Pauvre Hégésippe ! ici finit ta vie !
Va, jeune encor, sur ton luth expiré,
Mais désormais sublime et révéré,
Ceindre un laurier que profanait l'envie.
Si tu n'es plus, ta muse avec orgueil
Peut d'une larme honorer ton cercueil.

Simple, naïf, confiant et crédule,
Sur terre, un jour, par le hasard jeté,
Tu crus qu'un monde où l'intérêt pullule
Devait sourire à l'humble pauvreté.
Charité sainte, au culte dérisoire,
Comme Sion sur ses temples détruits,
Tu peux gémir !... Par le malheur instruits,
Nous le savons, ton règne est illusoire.
Si tu n'es plus, ta muse avec orgueil
Peut d'une larme honorer ton cercueil.

Aux dieux du jour ta voix douce et plaintive
Disait : Vos noms font croître les lauriers ;
Mais dans l'aisance une muse est active ;
L'or, du Parnasse aplanit les sentiers.
Las ! pour l'abeille en vain naît l'aubépine ;
Dans ces sentiers arrosés de mes pleurs
Quand vous marchez le front ceint de ses fleurs,
Je n'ai trouvé que la ronce et l'épine.
Si tu n'es plus, ta muse avec orgueil
A d'une larme honoré ton cercueil.

N'aurais-tu pas, gai compagnon d'orgie,
Pu de ton luth adoucir la vigueur ?
Combien, hélas ! en perdant l'énergie,
Ont du destin maîtrisé la rigueur !
Mais du progrès propageant la semence,
Jamais au Louvre on ne t'a vu courir ;
Pour rester pur tu préféras mourir,
Livrant ta haine au vent de la clémence.
Si tu n'es plus, ta muse avec orgueil
A d'une larme honoré ton cercueil.

Mais pour t'asseoir au banquet de la vie
Tu vins trop tard ; et convive oublié,
Quand tu parus, ta place était ravie
Par l'égoïsme au crime affilié.

Guerre au penseur dont l'esprit trop lucide
Ose entrevoir le bien-être pour tous !
De par Malthus, pauvres, résignez-vous ;
Ayez de l'or ou l'amour du suicide.
Si tu n'es plus, ta muse avec orgueil
Peut d'une larme honorer ton cercueil.

Reine d'un jour, ô fleur étiolée,
Tel qu'un rameau privé de sève et d'air,
Déjà ta cendre à des cendres mêlée
Livre ton âme aux flots du pur éther.
Plaisirs, douleurs, à tout Dieu fixe un terme.
Repose en paix sous tes lauriers sacrés !
Tes chants d'espoir, au peuple consacrés,
Ont de ta gloire éternisé le germe.
Si tu n'es plus, ta muse avec orgueil
Peut d'une larme honorer ton cercueil.

Janvier 1845.

AUX CHANSONNIERS

Air : *Le pauvre Émile a passé comme une ombre.*

Vous que Momus, au choc bruyant des verres,
Appelle encore à de nouveaux plaisirs,
Gais ménestrels, ombres des vieux trouvères,
Par des chansons égayez nos loisirs.
Le chant console, et le peuple aime à croire
A l'avenir que prédit dans ses vers
Le barde aimé qui rajeunit sa gloire :
Il est si las de ramper sous ses fers !

Pourquoi salir l'habit dont il se couvre ?
Plaidez sa cause, et désormais vos chants,
Du chaume obscur portés aux pieds du Louvre,
Le vengeront du mépris des méchants.
Lorsqu'un long rire atteint son indigence,
D'un peu d'esprit, vous, heureux possesseurs,
Pour qui n'est rien montrez de l'indulgence ;
Qui sait peut seul mériter des censeurs.

Noble ou badin, que toujours votre style
Montre combien l'esprit est roturier ;
Que votre muse à l'ignorance utile
Pour vous obtienne un modeste laurier.
Le temps n'est plus où provoquant le rire
De gais couplets consolaient nos aïeux.
Dans vos recueils le peuple apprend à lire ;
De ses besoins, vos chants l'instruiront mieux.

De l'avenir modestes interprètes,
Vous chanterez en signalant des maux.
A consoler vos lyres toujours prêtes
Éveilleront jusqu'aux moindres hameaux.
Si quelquefois de ses phrases serviles
Maint journaliste y portait le poison,
Aux vains discours de ce tyran des villes,
Au lieu d'esprit, opposez la raison.

De nos vieux airs gardez la symétrie ;
Jadis au Louvre ils ont porté l'effroi.
Comptant toujours les pleurs de la patrie,
Ils ont plus tard fait gémir le beffroi.
Longtemps caché dans le flanc des tempêtes,
Quand le progrès des rois vint nous venger,
Des chants proscrits avaient dicté ces fêtes
Dont le programme est signé Béranger.

D'être indulgent le ciel est las peut-être;
Pour l'opprimé le fut-il bien souvent ?
Le crime est roi ; mais un volcan peut naître
Et sous ses pieds rompre un plancher mouvant.
Sur son tréteau la royauté chancelle.
Naguère encor des couplets mal appris
Contre des rois ont lancé l'étincelle
Qui de leur sceptre embrasa les débris.

20 *mai* 1849.

A Mme M. J.

AIR *de la Lionne.*

Résonne encore, ô lyre harmonieuse !
Des monts sacrés j'entrevois les splendeurs.
De gloire, hélas ! mon âme ambitieuse
Rêva toujours, malgré misère et pleurs.
Si des baisers font naître le génie,
J'en ai reçu... J'aime !... Méchants, tremblez !
Contre l'effroi mon âme est prémunie ;
Fuis, mon esquif, sur des flots moins troublés.

Dans son amour j'ai retrempé mon âme,
Je suis aimé... Par la tristesse atteint,
Que demandai-je ? Un regard dont la flamme
Vînt ranimer un foyer presqu'éteint :
Il m'est donné... Que longtemps il m'abuse,
Dussent mes vœux n'être jamais comblés :
De mes chansons j'ai retrouvé la muse ;
Fuis, mon esquif, sur des flots moins troublés.

Lorsque la faim m'allait briser peut-être,
J'ai sur mes pas rencontré l'amitié ;
Quand par le cœur s'affaiblissait mon être,
D'un ange aimant j'éprouvai la pitié.

Je suis heureux... D'autres souffrent encore !
Pourquoi sur eux tant de maux rassemblés ?
D'un jour meilleur je salûrai l'aurore.
Fuis, mon esquif, sur des flots moins troublés.

Ah ! si d'heureux Dieu n'eût voulu qu'un nombre,
A tout mortel eût-il permis l'amour ?
Du chêne antique a-t-il mesuré l'ombre ?
Tout voyageur y prend place à son tour.
L'oiseau butine aux champs qui l'ont vu naître;
Les nôtres seuls, par la faim exilés,
Sous d'autres cieux vont chercher le bien-être.
Fuis, mon esquif, sur des flots moins troublés.

Que par les arts il grandisse et s'élève,
Pour eux, ce monde, en désert transformé,
N'eut rien jamais : ni fleurs, ni fruits, ni sève !
Son oasis au grand nombre est fermé.
Ceux dont les mains produisent maints chef-d'œuvres
Privés d'abris, de haillons affublés,
Maîtres, bientôt auront brisé vos œuvres.
Fuis, mon esquif, sur des flots moins troublés.

Février 1849.

JE NE SUIS PLUS POETE

AIR CONNU.

J'étais poëte, amis, lorsqu'au début
De quelques chants introduits sous le chaume,
A l'infortune apportant mon tribut,
De longs chagrins j'écartais le fantôme.
Bientôt la faim qui me prit au berceau
Brisa ma lyre interdite et muette.
La gloire en vain m'effleura de son sceau,
J'ai du génie abdiqué le pinceau.
Non, non, je ne suis plus poëte!
Non, non, je ne suis plus poëte!

J'étais poëte aussi, lorsqu'en mon cœur
Puisant les vers de mes strophes pieuses,
J'allais, le front taciturne et rêveur,
Interprétant des voix mystérieuses;
Lorsqu'à l'aspect de nos champs menacés
Tombait sans cause une larme indiscrète.
L'arbre et l'épi par le vent balancés
Ont fait rêver mes yeux sur eux fixés.
Non, non, je ne suis plus poëte!
Non, non, je ne suis plus poëte!

Oh! que j'aimais, solitaire et discret,
Mais loin du bruit de nos centres immondes,
A chercher Dieu comme on cherche un secret,
Pour le bénir, interroger les mondes.
Si dans mon cœur le doute s'arrêtait,
Du Créateur éloquent interprète
A ma pensée un monde répondait,
Le bruit d'un germe à sa voix se mêlait.
Non, non, je ne suis plus poëte!
Non, non, je ne suis plus poëte!

J'étais poëte, alors qu'ivre d'amour,
Je frémissais sous un regard de femme;
J'aimais alors sans espoir de retour :
Sa douce image alimentait mon âme.
Reviens encore embellir mon printemps,
Illusion qu'aujourd'hui je regrette.
Sans toi l'amour n'a que de courts instants;
Tu fuis, hélas! et je n'ai pas trente ans!
Non, non, je ne suis plus poëte!
Non, non. je ne suis plus poëte!

Lorsqu'aux dépens de mon humble gaîté
Je préludais sur la lyre attendrie,
J'osais pour tous, contre une royauté,
Revendiquer le droit à la patrie.

« Espère encor. Dieu ne t'a point maudit,
Disais-je au peuple ajournant sa conquête....
J'ai vu sans fruit, sur le monde interdit,
De la moisson passer le temps prédit. »
Non, non, je ne suis plus poëte !
Non, non, je ne suis plus poëte !

Que de héros sous le plomb disparus,
Quand l'œil en feu, les bras nus, le front have,
Les fils du peuple, à sa voix accourus,
Tombaient frappés par la main d'un esclave !
Longtemps pour eux j'ai provoqué l'éclair;
Comme eux trompé, j'appelle la tempête.
Pour les soustraire aux tourments d'un enfer,
Oh ! si ma voix doit retremper leur fer,
Amis, je redeviens poëte !
Amis, je redeviens poëte !

14 juin 1848.

L'INSURRECTION

DUO.

Musique à faire.

LE VIEILLARD.

Pourquoi ce lourd fusil?...Quelle rage est la vôtre !..
Ecoutez d'un vieillard l'avis qu'il doit offrir...

L'INSURGÉ.

Du bon droit contesté vous voyez un apôtre...

LE VIEILLARD.

Qui s'élance à la mort!...

L'INSURGÉ.

Je suis las de souffrir!!!
Mon père, entendez-vous le tocsin des batailles,
Tinter les funérailles
De brigands couronnés qu'on ose appeler rois?

LE VIEILLARD.

Par les lois, ô mon fils, la révolte est punie.

L'INSURGÉ.

Le droit de tout un peuple est au-dessus des lois!...
Remparts improvisés contre la tyrannie,

Sous ces pavés fumants par nous ensanglantés,
Malgré trois longs combats dorment nos libertés !...

CHŒUR.

Bronzes, tonnez ; mousquets, lancez la foudre ;
Frères, fermons à jamais notre enfer.
Si le plomb manque, ou s'il n'est plus de poudre,
Pour vaincre encore il nous reste du fer.
Quand le canon d'alarme
Va fixer notre sort,
Que dans nos mains l'outil devienne une arme,
Qu'il soit pour les tyrans l'instrument de la mort.

LE VIEILLARD.

Partout l'ange du mal prépare des ruines !...

L'INSURGÉ.

La vérité pour naître a besoin de combats.

LE VIEILLARD.

Ces canons meurtriers pointés sur vos poitrines ;
Ces bataillons nombreux d'intrépides soldats...

L'INSURGÉ.

Aveugles instruments de pouvoirs arbitraires,
Ces soldats sont nos frères ;
Qu'ils viennent dans nos rangs : nos bras leur sont ouverts.

LE VIEILLARD.

Trompés, à votre appel ils ne voudront se rendre,

Et vous serez vaincus!...

L'INSURGÉ.

Ces sortes de revers,
Provoquant la pensée, aux succès font prétendre.
Mais tout républicain, par un suprême effort,
Pourrait un contre cent combattre et vaincre encor.

CHOEUR.

Bronzes, tonnez ; mousquets, lancez la foudre ;
Frères, fermons à jamais notre enfer.
Si le plomb manque ou s'il n'est plus de poudre,
Pour vaincre encore il nous reste du fer.
Quand le canon d'alarme
Va fixer notre sort,
Que dans nos mains l'outil devienne une arme,
Qu'il soit pour les tyrans l'instrument de la mort.

L'INSURGÉ.

Rome, sous ses Brutus, fut sublime ; mais Rome
N'avait que le poignard... et nous le repoussons.
Que le glaive des rois frappe et supprime un homme,
Le nôtre est plus mortel : vaincus, nous grandissons!
Par notre plomb vengeur, messager de l'idée,
Frêle tige émondée,
L'arbre des vérités croît et grandit toujours.

LE VIEILLARD.

Peut-être que pour vous cette heure est la dernière.

L'INSURGÉ.

Sur ceux de nos martyrs nous mesurons nos jours.
Du fond de nos cercueils jaillira la lumière!...
Que notre sang versé ressuscitant la foi
Délivre enfin ce monde accessible à l'effroi.

CHOEUR.

Bronzes, tonnez; mousquets, lancez la foudre;
Frères, fermons à jamais notre enfer;
Si le plomb manque ou s'il n'est plus de poudre,
Pour vaincre encore il nous reste du fer.
Quand le canon d'alarme
Va fixer notre sort,
Que dans nos mains l'outil devienne une arme,
Qu'il soit pour les tyrans l'instrument de la mort.

23 *avril* 1849.

AIR *de Philoctète.*

Préparez-vous, maîtres, il faut partir !
Grand de savoir, ce siècle vous supprime :
Il vous tient là suspendus sur l'abîme
Où tant de rois sont allés s'engloutir.
L'humanité, par le ciel qu'elle implore,
D'un trône usé vous repousse à jamais.
Non, rien ne peut vous sauver désormais.
L'Océan gronde et le flot monte encore.

Par l'opprimé, sous vingt siècles maudits,
Pour vous enfin, pauvres rois en démence,
De Balthasar le grand festin commence :
De vos beaux jours les derniers sont prédits.
Jusqu'à vos pieds monte une voix sonore
Sortant du fond des abîmes béants.
Maîtres, il vient le règne des géants.
L'Océan gronde et le flot monte encore.

Quand sous vos pas des gouffres sont ouverts,
Sur le néant quand votre espoir se fonde,
Auriez-vous cru dans une paix profonde
Pour vos plaisirs tourmenter l'univers ?
Les saints rayons d'un nouveau météore
De vos manteaux ont traversé les plis ;
Nos yeux ont lu sur vos corps affaiblis.
L'Océan gronde et le flot monte encore.

Mais si par vous grandit l'iniquité,
Les flots vengeurs précipitent leur marche.
Pour vous sauver, l'oubli construit une arche
Qu'il pousse au port de la fraternité.
Vous préférez, tant l'orgueil vous dévore,
D'un mont superbe effleurer le granit;
A son sommet l'aigle suspend son nid.
L'Océan gronde et le flot monte encore!

Avez-vous cru commander au destin?
Si l'ouragan, maîtrisé dans sa rage,
Laisse le flot dormir après l'orage,
Il peut encor le soulever demain.
Quand du progrès nous bénissions l'aurore,
De vieux mousquets traduisaient nos douleurs.
Chargé de sang et grossi par des pleurs,
L'Océan gronde et le flot monte encore.

Les rois ont fui... N'ayant plus à punir,
Dieu brise enfin ses foudres inutiles;
Et désormais, sur des champs plus fertiles,
Mûrit pour tous le grain qu'il fait jaunir.
L'humanité grandit et corrobore
L'arrêt du peuple et les décrets du ciel;
Le fier lion tremble aux pieds de Daniel,
Et dans son lit l'Océan rentre encore.

5 *mars* 1849.

AVENIR DE L'EUROPE

AIR : *Dieu, mes enfants, vous donne un beau trépas.*

Antique Europe ! un sommeil léthargique
A-t-il rompu tes projets d'un matin ?
Certain sorcier, par son pouvoir magique,
M'ouvre pour toi le livre du destin.
Ton astre en vain verse un flot de lumière :
Il doit pâlir, par un autre éclipsé !
Le nouveau monde a planté sa bannière,
Ton sceptre tombe et ton règne est passé !

De ses vaisseaux il couvre tes rivages,
Et des produits de cent peuples divers
Il court doter des peuplades sauvages
Dont le travail enrichit ses déserts.
L'abeille ainsi, subtile et printanière,
Butine au fruit par l'homme ensemencé ;
Le nouveau monde a planté sa bannière,
Ton sceptre tombe et ton règne est passé !

Vois, qui là-bas a franchi la Baltique,
Et de Stamboul ébranlé les visirs ?
Le Nord déborde, et la jeune Amérique
Dans son étreinte étouffe tes soupirs.

L'Anglais en vain lève sa tête altière,
Son léopard sous l'aigle est renversé ;
Le nouveau monde a planté sa bannière,
Ton sceptre tombe et ton règne est passé !

Qu'il tombe, enfin, celui dont la parole
Soufflait la mort au cœur des nations ;
Il a de sang abreuvé ton Pactole,
Et de corps froids engraissé tes sillons.
Que libre, enfin, l'Irlande en sa tanière
Relève un nom par l'orgueil abaissé !
Le nouveau monde a planté sa bannière,
Ton sceptre tombe et ton règne est passé !

Ton œil éteint n'entrevoit plus la trace
Des droits que Rome en mourant t'a transmis ;
Mais ne peux-tu, réveillant ton audace,
Revoir le monde à tes ordres soumis ?
Non ! l'esclavage, en fermant ta paupière,
Sous ton beau ciel semble à jamais fixé ;
Le nouveau monde a planté sa bannière,
Ton sceptre tombe et ton règne est passé !

De tous progrès tes enfants sont avides ;
Mais à quoi bon tant de nobles travaux !
Tes arts, ta gloire, et tes maîtres perfides,
Au lieu d'unir font les peuples rivaux

Vois, chacun d'eux a fixé sa frontière,
Ignoble abus que le sang a tracé!
Le nouveau monde a planté sa bannière,
Ton sceptre tombe et ton règne est passé!

Ton sol impur conserve encor l'empreinte
Des libertés dont tu bannis les lois;
Spectre livide elle a porté la crainte
De l'humble chaume au palais de tes rois.
Les droits d'un peuple, inscrits sur la poussière,
Au moindre souffle à tes yeux ont cessé;
Le nouveau monde a planté sa bannière,
Ton sceptre tombe et ton règne est passé!

A ton berceau, que de siècles arides
Ont effeuillé les fleurs de ton printemps!
Nul désormais n'effacera tes rides,
La tyrannie a flétri tes vieux ans.
Sous d'autres cieux la liberté plus fière
Relève un front que ton glaive a blessé;
Le nouveau monde a planté sa bannière,
Ton sceptre tombe et ton règne est passé!

1844.

ÉVIDENCE DU PROGRÈS

Air : *Lionne, défends tes petits.*

Viens, grand docteur, de la théologie
Viens m'expliquer les curieux secrets ;
Viens, dépouillé de fraude et de magie :
Mon cœur est pur et mes vœux sont discrets.
Ce triple Dieu que le vulgaire adore
N'en est pas un ! du moins je le prétends ;
Dieu dans son œuvre est immuable encore,
Le progrès marche appuyé sur le temps.

Dans son essor jamais il ne dévie ;
Lui-même, enfant de la création,
N'est que l'esprit, la matière et la vie,
Marchant sans cesse à la perfection.
Pour s'épurer à son contact intime,
L'être qui vit s'éteint quelques instants,
Tout se transforme et gravite au sublime,
Le progrès marche appuyé sur le temps.

Tigres, lions, rentrez dans la tanière...
Sur un monceau de siècles écoulés
L'homme apparaît ! il est l'œuvre dernière,
Ses droits sur vous partout sont révélés.

Dans son creuset Dieu combine et dispose
Un nouvel être et des mondes plus grands ;
Quand l'effet passe emporté par la cause,
Le progrès marche appuyé sur le temps.

Périsse un globe, et bientôt dans l'espace
A l'univers il apparaît plus beau ;
Un astre éteint n'est qu'un monde qui passe,
Dont les débris font un astre nouveau.
Telle en vapeur, mais glacée en sa course,
L'eau se condense au souffle des autans.
Tout va reprendre une vie à sa source,
Le progrès marche appuyé sur le temps.

La même loi qui régit la matière
Aux nations impose ses décrets ;
Le temps penché sur la nature entière
Nous crie à tous : Respectez mes arrêts !
A son berceau l'homme a fait des merveilles,
Objets sans base, ombres de peu d'instants ;
Quand la sagesse est le fruit de nos veilles,
Le progrès marche appuyé sur le temps.

Thèbes, Memphis, Troie, Argos, Sparte, Athènes,
D'autres encor dont les noms sont perdus,
Cherchez en vain, cherchez dans mille arènes
Vos chars de gloire au néant confondus.

Lorsqu'épuisés sous l'arrêt qui moissonne,
Vous succombiez... Paris à son printemps
Sur son front pur posait une couronne.
Le progrès marche appuyé sur le temps.

Paris, en vain ta face est rajeunie,
Le temps te presse et ton nom va finir ;
Il a de fleurs paré ton agonie,
Et toi trompé tu sembles le bénir.
Quand l'œil éteint tu chercheras un Hâvre,
La herse alors aura meurtri tes flancs ;
Tu renaîtras plus grand de ton cadavre,
Le progrès marche appuyé sur le temps.

Quand par le temps tout s'efface et tout cède,
Celui qui meurt fut-il bien précieux ?...
Un jour s'éteint, un autre lui succède,
Plus pur encore il se révèle aux cieux.
Ainsi tout passe, un âge efface un âge,
Le progrès seul n'eut jamais qu'un printemps ;
Avec des fleurs il marque son passage,
Car seul il marche appuyé sur le temps.

1844.

L'INNOVATEUR.

Air du Cabaret des Trois lurons.

Faut-il encor que l'hyperbole
Nous fasse entrevoir l'équité?
Pourquoi toujours dans un symbole
Dissimuler la vérité?
Lorsqu'au but, de qui nous précède
Si le présent fait un martyr,
Il donne au siècle qui succède
Un bienfait et le repentir.

Dans l'ombre un novateur se cache,
Pourquoi s'est-il donc arrêté?
C'est qu'entre un billot, une hache,
Dieu place encor la vérité.
C'est que le monde aveugle encore,
Ignorant un soleil aux cieux,
Briserait l'œuf que font éclore
Les feux d'un rayon précieux.

Par ceux dont l'âme était froissée,
Sur sa croix le Christ insulté
Meurt, et des champs de la pensée
Pour eux ouvre l'immensité.
Il meurt! mais leur esprit s'élève!...
Son sang ayant rouillé leurs fers,

Nos pères en firent le glaive
Qui doit affranchir l'univers.

Au progrès apportant sa phase,
L'idée enfin, levier puissant,
Attaque un vieux monde à sa base,
Au profit d'un monde naissant.
Il croule, mais sous ses décombres
Broyant d'intrépides mineurs !...
De fruits plantés sous des cieux sombres,
Frères, nous avons les primeurs.

De l'orage éclatant symptôme,
Bientôt la foudre aux longs échos
Aura, respectant l'humble chaume,
Soufflé la mort sur les châteaux.
Descendue à travers les âges
Des sommets de l'antiquité,
L'avalanche aux puissants ravages
Porte en ses flancs la vérité.

Soyez témoins de notre zèle,
Nobles travaux que nous aimons.
Préparons la saison nouvelle,
Et si pour d'autres nous semons,
Les sillons creusés par nos pères
Sont par nous-mêmes moissonnés.
Comme eux, léguant des jours prospères,
Soyons dignes de nos aînés.

13 *octobre* 1848.

A LA VÉRITE

Air : *Et les barbons règnent toujours.*

Malgré l'effroi qu'aux tyrans elle inspire,
Sur son miroir, que cache un voile épais,
Mon œil ardent s'arrête avec délire,
Avide encor de contempler ses traits.
De son passé les jours tristes et sombres
De sang, de pleurs, me prépare un tableau ;
Pour en tracer les sujets et les ombres,
O vérité ! prête-moi ton pinceau.

« Devons-nous vivre esclaves tributaires ? »
Disait un peuple à ses maîtres vainqueurs ;
« Comme un soleil aux rayons salutaires
« La liberté doit réchauffer nos cœurs. »
Il dit... soudain la main du privilége
De sa misère élargit le réseau,
La force encor devient un sacrilége.
O vérité ! prête-moi ton pinceau.

De son idole ajournant la conquête,
D'un autre règne il accepte le don ;
Mais sous le sceptre il courbe en vain la tête,
Le plomb mortel glisse encor sur son front.

Sur le duvet l'inutile indolence
Pour ses plaisirs rêve un larcin nouveau,
Et du malheur dérobe la substance ;
O vérité ! prête-moi ton pinceau.

Au peuple encor la puissance fatale
Force le pauvre à mourir chaque jour ;
De son cadavre elle enrichit la dalle
Qui de la Morgue anime le séjour !
Le peuple, hélas ! octroyant son bien-être,
D'un maître encore étayant le tréteau,
Tombe au scalpel s'il échappe au salpêtre.
O vérité ! prête-moi ton pinceau.

Oui, pour finir une lente agonie,
Quand l'hôpital au pauvre échoit encor,
Sur son cadavre un cours d'anatomie
Sert à guérir l'opulent gorgé d'or.
S'il a pourtant, de l'Èbre aux Pyramides,
De sa patrie illustré le drapeau,
Bicêtre alors lui tient lieu d'Invalides.
O vérité ! prête-moi ton pinceau.

Mais cette vierge, aux regards téméraires,
Ajoute enfin, retournant son miroir :
De l'avenir pénètre les mystères,
Rends à ton cœur et la vie et l'espoir.

Vois, me dit-elle... — Alors, un peuple libre,
De la raison reculant le berceau,
Se partageait les vertus du vieux Tibre.
O vérité ! prête-moi ton pinceau.

Or, sur ses traits, décharnés et livides,
Je lus ces mots que l'effroi rend secrets :
Vivez, humains ! mais, de raison avides,
Vingt ans au plus acceptez mes décrets :
Pour vous dompter, toujours de l'ignorance
La tyrannie a tissé le bandeau ;
Pour activer le jour de délivrance,
O vérité! prête-moi ton pinceau.

A M. B.......

ESCOMPTEUR

QUI ME PROPOSAIT UN EMPLOI DANS SES BUREAUX.

Air : *Les arts se tiennent par la main.*

De ta sagesse, en philosophe austère,
Tu veux, Crésus, m'imposer les bienfaits ;
Las ! à ta voix loin de briser mon verre,
J'ai de l'ivresse imploré les effets.
Que dans ton cœur l'ambition qui veille
Ride ton front penché sur un trésor ;
Le chagrin fuit quand l'intérêt sommeille.
Aux gais refrains je m'abandonne encor.

De tes chagrins l'or féconda le germe,
J'ai vu la crainte étouffer ton bonheur ;
De ma gaîté j'abrégerais le terme
Pour la fortune et son éclat trompeur ?
Tiens mon esquif éloigné du Pactole ;
Pour m'engloutir s'il ouvrait ses flots d'or !
Parfois la Grève est près du Capitole.
Aux gais refrains je m'abandonne encor.

Pour ses besoins lorsqu'une main glaneuse
Trouvait à peine une fleur au buisson,
J'ai vu la guêpe avide et paresseuse
De l'humble abeille emporter la moisson.
J'irais te suivre, épris de ta science,
Dans ce dédale où la vertu s'endort?
Je ne sais pas pressurer l'indigence.
Aux gais refrains je m'abandonne encor.

Un chiffre est tout pour ton âme cupide,
Combien de pleurs il me fait entrevoir!
De l'inventeur tu vas d'un pas rapide
Sous ton barême écraser le savoir.
Qui? moi! j'irais dévorer l'industrie
Dont le cadavre emplit ton coffre-fort!
Je ne sais pas appauvrir ma patrie.
Aux gais refrains je m'abandonne encor.

Riche, et soudain la loi te favorise;
Dans l'artisan l'Etat trouve un soutien;
A l'infortune une bourse est remise,
L'impôt du sang est soldé par le sien.
L'enfant du peuple est lancé dans l'arène!
Que défend-il? ta personne et ton or!
Je ne sais pas ajouter à sa chaîne.
Aux gais refrains je m'abandonne encor.

Dans ses penchants, capricieux, fantasque,
Le sot vulgaire a prononcé ton nom;
Du philanthrope aurais-tu pris le masque?
Vertu forcée a souvent du renom.
Ma pauvreté, sans quêter un suffrage,
A ses vertus donne un plus libre essor;
Je ne sais pas composer mon visage.
Aux gais refrains je m'abandonne encor.

Va, ne crois pas que ton masque m'abuse :
L'humanité déserte un cœur pervers;
Du chansonnier du moins la pauvre muse
Porte au malheur le tribut de ses vers.
Me rendre heureux n'est pas en ta puissance.
La paix du cœur est un si beau trésor!
J'ai pour les miens rêvé l'indépendance.
Aux gais refrains je m'abandonne encor.

1844.

BIBLIOTHÈQUE NATIONALE R.F. IMPRIMÉS

FIN.

PARIS. — E. DE SOYE, IMPRIMEUR, 36, RUE DE SEINE.

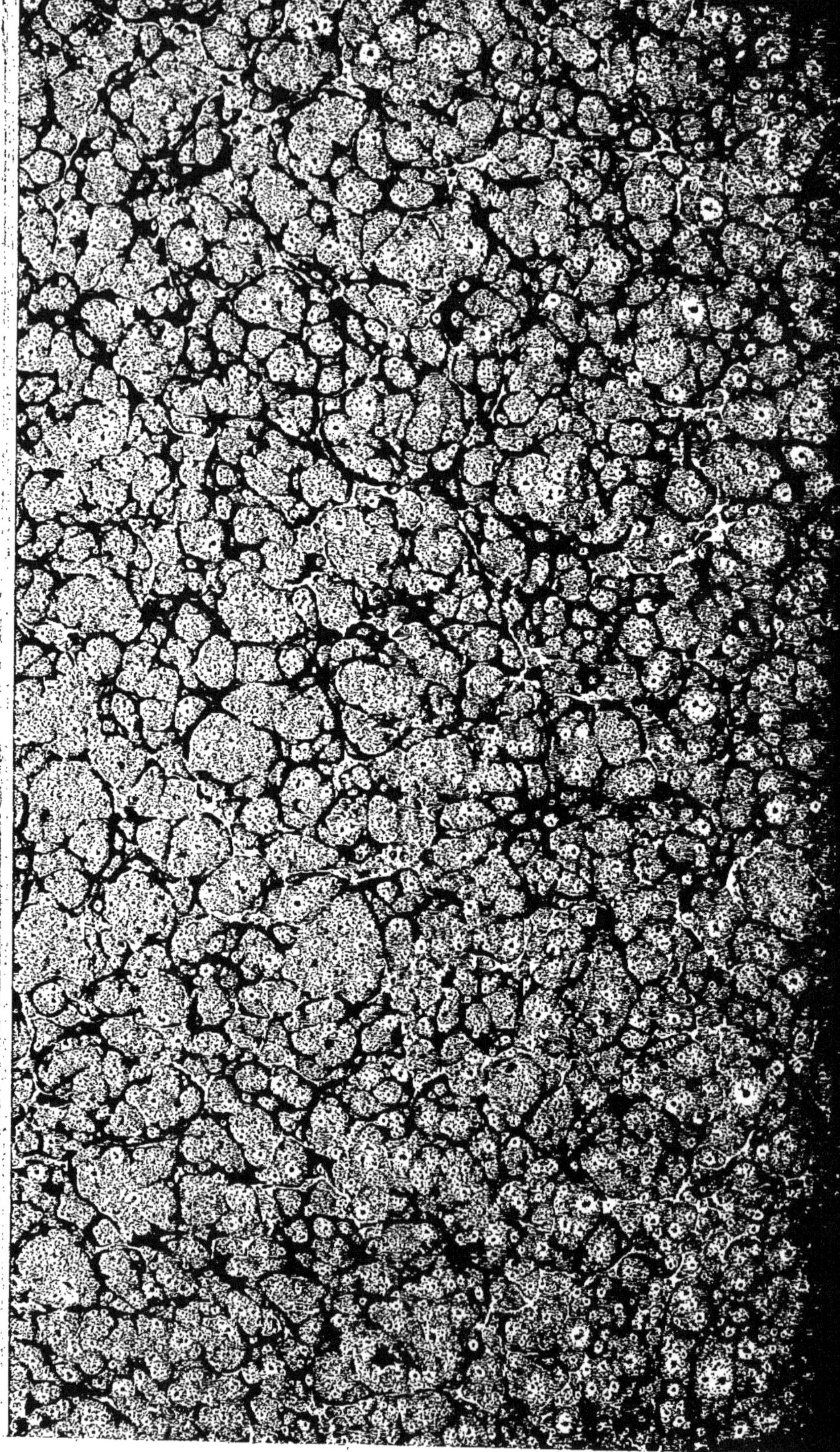

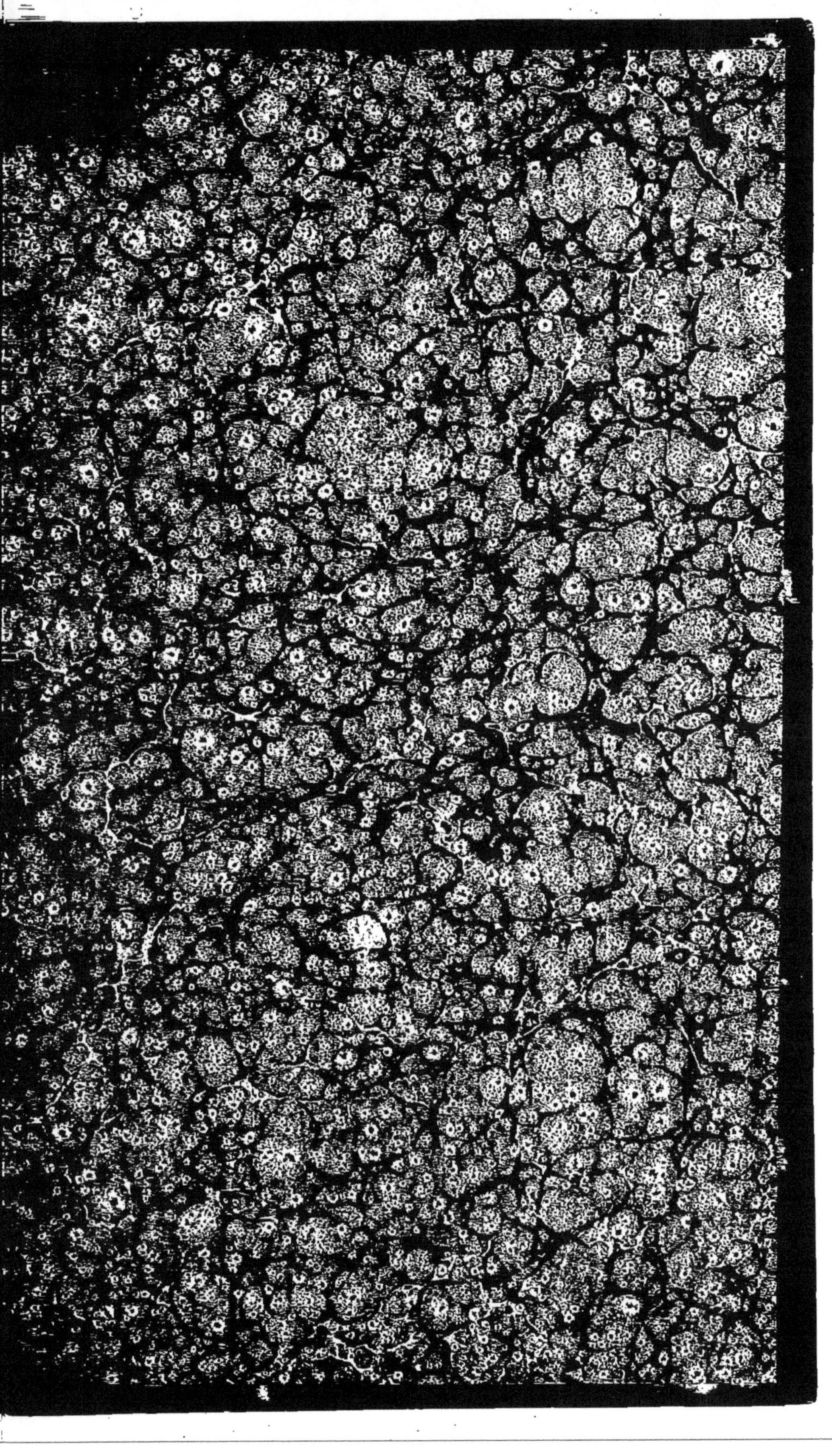

BIBLIOTHEQUE NATIONALE DE FRANCE
3 7531 01126673 2

www.ingramcontent.com/pod-product-compliance
Ingram Content Group UK Ltd.
Pitfield, Milton Keynes, MK11 3LW, UK
UKHW020159200726
13856UKWH00003B/1084